観賞対象から告白されました。2

登場人物紹介
ジェレミア・カスタルディ
カスタルディ侯爵家の長子で次期当主。見目麗しいイケメンで、ロレーヌの「観賞対象」。
ロレーヌ・バルクール
現代日本から異世界の下級貴族令嬢として転生した、本編の主人公。趣味は「イケメン観賞」。

アウレリオ
・カルデラーラ
カルデラーラ子爵。遊び
人との噂があるが……？
パオラ
・アストルガ
アストルガ公爵夫人。
ジェレミアの姉。
デニス
・ランデッガー
カスタルディ家の従僕。
ドーラ
バルクール家の小間使い。
ロレーヌの良き友人。
ドロテア
・パルマーラ
パルマーラ男爵令嬢。
ロレーヌのいとこ。
ルチア
・パルマーラ
パルマーラ男爵令嬢。
ドロテアの妹。
パオロ
・ヒュブナー
アストルガ公爵家のイケ
メン従僕。ロレーヌと同
じく、現代日本からの転
生者……？

目次

たとえ、どんなささやかなことだって、誰かに想いを伝えるのは怖い。

そうではない事柄ならなおさらだ。

けれど、その勇気を持たなければなにひとつ始まらなくて、時には、踏み出してみることも必要だと思う。まあ、やっぱり怖いには違いないけれど。

拒否されたらと思うとたまらない。

手に出来ないものはどんなに努力しても絶対に手に入らない、というのがわたしの中に染みついてしまっているせいだ。

「でも、聞いてくれた」

わたしは昨日の夜のことを思い返す。ジェレミアは、わたしの転生前の話を、しっかりと聞いてくれたのだ。その上で、自分を卑下《ひげ》するなと叱ってくれた。

「あの人には正直にいたいなあ」

つぶやいて、今までのことを思い返してみた。

◆

わたし、ロレーヌ・バルクールは日本で日本人として生まれて暮していた。そこで一度死に、この世界へと転生した。とはいえ、転生したといってもすごい美人に生まれた訳でもなく、頭も良くなかったし、運動神経もダメダメだ。せいぜい、貴族に生まれたことと、健康であることくらいしか向上したところなどなかったりする。

そんな転生者としては笑えるほど面白みに欠けるわたしに、思いがけないことが起こった。

美貌の侯爵子息、ジェレミア・カスタルディに、ある集まりで便宜上の恋人役を頼まれたのだ。

まさか、わたしなんかにそんな話が降ってわくなど思いもしなかったが、近くで顔をガン見出来るまたとない機会である。

わたしはすぐさま引き受けた。

そう、わたしは面食いなのである。

が、それからは嵐のような日々だった。何しろ、彼はわたし好み過ぎる顔立ちなので、ちょっとした表情の変化で心臓が多大なるダメージを受ける。それに、気がつけば便宜上の恋人のはずが、どういう訳か婚約者にまでレベルアップしていたのだ。

なぜこんなことに……。

そう思うのだが、わたしは少しずつ彼に惹かれていく自分に気がついて、ちょっと怖くなった。

なぜなら、彼は友人の妻に想いを寄せているらしいのだ。彼女は美人で、わたしでも見とれるくらいだし、性格も良い。

きっと、彼女と添えないなら誰でも良かったのだと思う。

そう思うと、なぜだか胸が痛んだ。

そんな最中、わたしのいとこのドロテアも恋煩《わずら》いに苦しんでいた。しかも、彼女の想い人はどうやら放蕩者《ほうとうもの》らしい。かなり良くないうわさが広まっていると言う。けれど、実際にその張本人であるカルデラーラ子爵は、ちょっと気障《きざ》っぽいけれど真面目そうなひとだったので、驚いてしまった。

きっと、うわさには何か裏があるのだと思う。

少なくとも、わたしにはカルデラーラ子爵が悪い人だとはどうしても思えない。そんなわたしの言い分を、ジェレミアは汲んでくれた。ちゃんと調査すると言ってくれたのだ。

気がつくと、彼のことを心から信頼している自分がいたのである。

◆

「……何か、今の時点で運を全部使い果たしてるような気がするわ」

振り返ってみて、わたしはそう思った。

でも、昼間あったことは本当だし、思い返せば頬が勝手に緩《ゆる》んでしまう。いつもなら楽しく読める本の内容すら頭に入ってこないくらいだ。と同時に、不安がわく。人生、いいことばかりがずっと続くわけではないことくらい知っている。

「何も、起こらないといいな」

つぶやいて、本に目を落とす。

もう眠いけれど、まだドロテアが戻ってきていない。今の彼女をひとりにしてはおけないから、来るまで待つつもりだった。

わたしはふと窓の外に目をやり、もう一度、何も起こらないといいな、と思った。

一・高周波が二連発

「……うう」

腹部の痛みと足の冷たさに揺り起こされ、わたしはうっすら目を開けた。体の下は柔らかく、寝台かどこかに横にされていることがわかった。何度か瞬《まばた》きを繰り返し、鈍《にぶ》く痛む頭で現状を理解しようとする。しかし、頭が回転し始める前に、優しげな声が掛けられた。

「もう起きたの？　まあ、俺としては助かるけど」

その声を聞いて一気に状況を理解し、自分の足元に腰かけた青年を睨《にら》んだ。わたしはソファに横たえられており、体の上には彼のものらしき外套《がいとう》が掛けられているが、手は前でまとめて縛られていた。足は縛られていない。逃がさない自信があるのか、わたしの運動能力が低いことを知っているのかどちらかだと思う。

「そんなに睨まないで欲しいな」

「睨むな？　無理な話よ、殴って気絶させてこんなところへ連れて来た男に笑いかけろとでも言うわけ。だとしたら貴方《あなた》頭がおかしいのよ」

いつもの令嬢喋《しゃべ》りはかなぐり捨てて、きつい調子で言った。

部屋は暗く、外から差し込む月光だけが頼りだ。その月光に照らされた室内をじっと見ていると、すぐ近くにもうひとり横たわっているのに気づく。

ドロテアだった。

「わたしたちをこんな所へ連れ込んで、何をする気？」

「何を……ね」

どこか面白そうな笑い声があがり、彼はわたしに顔を近づけると、淡々と質問に答えた。

「予想はついてるんじゃないかな？　もっとも、俺が用のあるのは君の方だ。そっちの彼女には特に用はないが、邪魔だったから同じように気絶させて連れてきた。まだ起きないが、どうやら俺の正体についても気づいたみたいだったから、言いふらされる前に頼まれたことを済ませなければならないと思ってね」

「頼まれたこと？」

「そう。君を傷物にして欲しいと頼まれた……この屋敷の息子にご執心な方々は、君のことが気に入らない、出来れば排除したいと思っているのさ」

彼の言葉に、わたしは目を見開いた。

直接何か言われた訳じゃないけれど、やはり恨みを買っていたらしい。

この時になって、ジェレミアがわたしの側を執拗《しつよう》に離れなかったのは、こういう事態を恐れていたからかもしれないと思った。

「それに……」

どこか熱を帯びた吐息が顔にかかり、わたしは恐怖に凍りつく。

つ、と頬を撫《な》でる手の感触が気持ち悪い。その手は頬をすべり、束ねられていないまま散ったわ

たしの髪をすくいあげ持ち上げて、じっと見つめる。

「綺麗《きれい》な髪だ……醜聞《しゅうぶん》の的なんて最初は嫌だったけど、引き受けることに決めたのは、君が俺の好みだったからさ。何ならこのまま結婚しても構わないと思っているんだけど……まあ、今日は俺と一晩過ごしてくれさえすればいいんだ。彼女は後で帰すけど、君には俺と同じ寝台で朝を迎えて貰《もら》う。それを件《くだん》の令嬢が見るというシナリオだ。これがうわさになって広まれば、ジェレミア卿も君に幻滅するだろう」

「……結婚？」

わたしは呟《つぶや》いて、茫然と彼を見た。どうやら何かする気はないようで安心したが、次いで襲ってきたのは、ジェレミアにどう思われるかといったことだった。

このまま名も知らぬ彼と一晩過ごせば、言葉通りジェレミアは怒り、落胆するはずだ。

当然、婚約も白紙に戻る。こんな仕打ちをしたわたしが彼をまともに見ることは出来なくなるだろう。何だか泣きたくなってきた。生きていて一番の楽しみが、このままではなくなってしまうのだ。心は波立ち、怒りと悲しみがあふれてこぼれそうになる。

しかし、そんなわたしの心境などおかまいなしに彼は言う。

「そう、結婚。君にはそれほど悪い話じゃない。俺には財産もある、容姿だってなかなかのものだと自負している。まあ、兄も同じ顔なんだけど……あいつよりは女に優しいよ」

「兄……」

「ああ、アウレリオ・カルデラーラ子爵は俺の兄だ、双子のね」

微笑む彼の笑みはアウレリオと良く似ていた。

ほぼジェレミアと差がないほど整った顔立ち、毅然とした、軍人ならではの魅力と色香が彼にはあった。そんな男が、なぜこんな行いをしているのだろうか。

彼の表情にはやや屈折したものがある。優雅で穏やかな兄の笑みとは違っていた。ほぼ同じ時に生まれたのに、順番が違っただけで、貴族と将校の違いが生じたふたり。そこに、屈折した表情になった理由がひそんでいるのだろう。

恐らく、彼も女性には不自由しない類《たぐい》のひとだ。

そんな男に結婚の二文字をちらつかされれば、まあいいかと考える女性もいるだろう。しかし、わたしは違う。このままジェレミアを観賞出来なくなるなど、生きる意味がなくなるほどの事態だ。たとえ悪あがきであっても、このまま捕らわれているのはごめんだった。

何とかしなければ。

わたしは自分に落ちつけと言い聞かせた。

「そう、道理でドロテアを知らない訳ね」

「まあね、きつい顔の女性に突然微笑みかけられた時はぎょっとしたよ。またまとわりつかれるのかと思ったからね。君と彼女がいとこだとは信じられない」

「わたしはそう考えていないわ」

挑むように彼を睨み、わたしは精いっぱい息を吸い込んだ。

作戦とも言えない粗末な抵抗だが、まずはこれしかないだろう。

「それに、貴方が言うほど貴方を魅力的だとも思えないのよ……、っキャ――――――――っ！　イヤ――――――――！　変態ぃ――――――――！」

「……な、くそ！」

大きな手が伸びて来て、わたしの口をふさいだ。この部屋がどこだか知らないが、屋敷に滞在している人数はいつもより多いのだ。誰かの耳に入ってくれればいい。

それに――。

視線を横に移動すると、ドロテアが目を覚ました。

彼女は驚いた顔で茫然とわたしと彼を見ると、高周波を上げ始めた。

「イヤ――――っ！　助けて――――っ、ろ、ロレーヌがっ、ああ、何で縛られてるのよ、嫌ぁああ、誰か、誰かいないのっ！　きゃあああ、こっち見ないでこの変態、犯罪者、極悪人、色情狂、女たらし、ごろつき、やくざ、どぶねずみ、ごき○り、色魔、ろくでなし――――――――っ！」

「…………」

やたらと豊富な語彙《ごい》で、キンキンと耳に響く音を叫ぶドロテア。

彼女は怖い目に合うと、決まってこんな風に叫ぶのだ。わたしは、顔をしかめて耳を押さえた彼を見て、その隙にソファから立ち上がると、股間めがけて蹴りを繰り出した。

二・わたしは貴方を愛してる

「うわっ」

渾身《こんしん》の蹴りをかわされたわたしは思わず舌打ちした。

「チィッ！」

これが炸裂《さくれつ》していれば、事態は一気に解決したはずなのにと思うと悔しくてたまらない。男性、しかも軍人相手に意表をつけるのは一回きりだというのに。

それを見たドロテアはようやく叫ぶのをやめる。

わたしと目が合った彼女は、涙目で問うてきた。

「ねえ、何、何が起こっているの……それに、そのひと……」

「こいつはカルデラーラ卿じゃないわ、その弟よ。貴女《あなた》が見たのもこいつよ、誰かに頼まれてわたしを監禁しようとしてるの」

「何ですって！」

ドロテアは慌てて体を起こした。

しかし、彼女は足まで縛られており、そのままころりと床に転がる。しかし、ドロテアは唇を引き結ぶと、そのまま這《は》いずりながら扉へ向かい始めた。

「あ、待て！　……くそ、やはり君の足も縛っておくべきだったか」

「その通りね、イケメン観賞が趣味なわたしに、甘い顔で言葉攻撃なんかしても効かないわよ。結婚ちらつかせられたくらいで騙《だま》されるもんですかっ！」

「いや、それは本気で言ってたんだが」

わたしはドロテアを止めようとする彼の前に立ちはだかり、その綺麗な顔を睨みつけた。つい観賞したくなるが、今は我慢だ。と言うか、どうせ観賞するなら兄の方の顔をたっぷりと拝みたい。そのためにも今は戦うのみだ。

しかし、彼はドロテアには頓着せずに、わたしの腕をつかむと自分の体に引き寄せた。腕が自由にならない上、瞬発力に欠けるわたしはあっさり捕まる。

「仕方ない、実力行使に出たくはなかったが」

「え、え？」

足元がふわり、と浮いたと思うと、再びソファに横たえられたわたしは、彼の手が自分のスカートにかかっているのを見て叫んだ。

「ちょっと、何するのよ！」

「足を縛るだけだ。こうなったら、駆け落ちに見せかけるしかないだろう」

「嫌！　やめて！」

必死に暴れるが、やはり力ではどうにもならない。両足にロープがかけられるのを眺《なが》めながら、わたしは自分の非力さが悔しくてたまらなかった。

このまま、彼に連れ去られてしまうのだろうか。

そんなことになるくらいなら、死んだ方がましだ。

そんなわたしを、ドロテアが必死に助けようとして叫ぶ。

「待っててロレーヌ、今助けを呼びに……」

が、言葉は最後まで言われることはなく、凄《すさ》まじい勢いで扉が開いたと思った次の瞬間、わたしを押さえていた彼が殴り飛ばされて床に転がった。

呻《うめ》き声が聞こえ、わたしは早鐘を打つ心臓をなだめるように顔を上げる。

月光の明かりの中、怒りに燃えたジェレミアが立っていた。

ジェレミアは、そのまま倒れた彼にのしかかると、顔面を何度も何度も殴りつける。何度も何度も痛そうな音がし、わたしは慌てて言った。

「も、もうやめて、もういいから！」

それでもやめないジェレミアに、縛られた手を伸ばして服を引っ張る。そこまでして、彼はようやく殴るのをやめてわたしを見ると、悲痛な顔で強く抱擁《ほうよう》してきた。

かなり強く抱きしめられ、わたしは息がとまりそうになる。

耳元で、大きな嘆息とともにジェレミアが言った。

「無事で良かった……」

心から紡《つむ》がれたその言葉に、わたしの胸は勝手に高鳴る。

締め付けられるほどの腕の力が、苦しくて、同時に気が触れそうなほど嬉《うれ》しかった。

「今日はまだお休みを言えていなかったから、部屋を訪ねたんだ。だが、君はいないし、レディ・

ドロテアもいない。だから、何かあったのだろうかと思って、途中で行きあったカルデラーラ卿と一緒に、屋敷中を探していたんだ」

「ありがとう、ございます」

つぶやいてすぐに、体が震えだす。

何としてでもここから逃げ出すと決めていた時にはこんな風にならなかったのだが、やはり怖かったのだなとわたしは思った。

目頭が熱くなり、もう安全だとわかっているのに涙があふれ、嗚咽《おえつ》がこみ上げる。

「怖かっただろう、見つけるのが遅くなってすまなかった」

わたしは温かな声に、我慢が出来なくなり、彼にしがみついてしばらく泣いた。

その間、ジェレミアはずっと背中を撫でながら謝り、大丈夫だと言ってくれて、わたしはどうしようもなく嬉しくてたまらなかった。

やはり、わたしはジェレミアを愛しているのだ。

こうなってみて、心から痛感した。

嘘《うそ》をつけずに相手を傷つけてしまうところも、どこまでも真っすぐなところも、美しい姿も、もちろん全てではないが、側にいたい、彼の役に立てればもっと嬉しい。

何より、このひと以外、自分に触れて欲しくないと強く感じたのだ。

床に転がされている彼に触れられた時の、あのぞっとするような感覚。あんなものはもう二度と味わいたくない。

同時に、そこまで思えるひとに、自分の気持ちを打ち明けもしないまま、一緒にいても良いのだろうかという気持ちになった。こうやって、心配して探しに来てくれるほどのひとに、わたしは本音を言っていない。このままでは良くない、そう感じた。

それなら、ちゃんと言おう。

愛が返されなくても、愛したっていいのだから。

わたしはそう決めて、波立った感情が凪《な》ぐのを待った。

やがて嗚咽がおさまってくると、部屋にいるもうひとりに気がつく。

涙で濡れて視界がぼやけた目に映ったのはアウレリオだった。彼はすでにドロテアの縄をほどき、その縄を使って弟を縛り上げているところだった。

わたしが見ていることに気づくと、彼は申し訳なさそうな顔をした。

「レディ・ロレーヌ……愚弟《ぐてい》が申し訳ないことをした。話は、隣に潜んでいた令嬢に聞いたよ」

「そうか、それで、こいつはどういう訳でこんなことをしたんだ？」

まだうまく喋れないわたしの疑問を代弁するようにジェレミアが問うた。アウレリオは弟を床に転がすと、ソファに掛けてわたしを気遣わしげに見ていたドロテアの横に座ってから、両手の先で鼻を押さえるようにしてうつむきながら言った。

「弟、エミーリオは僕が知らない間にここに来て、僕の振りをして遊んでいたそうだ。その際、カードゲームで大負けした……その相手こそ、ジェレミア、君の崇拝者でね、レディ・ロレーヌが邪魔で仕方なかったんだそうだ。だから、エミーリオにこう持ちかけた……彼女を傷物にするなり、修復不可能な醜聞に巻き込んでくれれば、借金はなかったことにする、と」

「まあ！　そんな自分勝手な」

ドロテアが憤《いきどお》る。アウレリオは頷いて、弟――エミーリオに視線を向けた。

彼は仏頂面《ぶっちょうづら》でうつ伏せに転がされていた。アウレリオは憤懣《ふんまん》やるかたなしといった風に問うた。

「それで間違いないな？　エミーリオ」

エミーリオはひとつ嘆息してから答えた。

三・決着とこれからについて

「大体はそんなところさ」

「だが、海にいるはずのお前がどうしてここにいるんだ？」

「一時停戦になったんだよ。それで、領地に兄さんを訪ねたらここだって言うから、暇つぶしにいつ気がつくかと遊んでいたんだ。そうしたら、どこぞのご令嬢に賭けゲームを持ちかけられたという訳さ」

縛られていなければ肩をすくめていたらしき動きをしたエミーリオを見て、アウレリオはもう何度目になるかわからないほど疲れたようなため息をついた。

「そんなことをしたら僕にも迷惑がかかるし、レディにそんなことをしたらどうなるか、わかっていなかった訳じゃないだろう？」

「当然さ。相手は由緒正しい男爵家の令嬢……俺が結婚したいと願ったって、余程の無知か馬鹿じゃなきゃまずなびかない相手だ。だから、相手が気に入らなければ兄さんに金をたかればいいかなと思っていたんだ。けど、見てみたら、結構俺の好みでね、そのご令嬢の言う通りにすることに決めたんだ」

「エミーリオ、遊ぶのがだめだとは言わない。だが、お前は遊びとそうではないことの境目がわかっていない……それほどまでに、爵位が欲しかったか？」

アウレリオは剣呑《けんのん》な眼差しで弟を見た。その眼差しを受け止めたエミーリオは歪《ゆが》んだ笑みを浮かべて、口端を上げると笑った。

「そんなに欲しければとっくの昔に兄さんを殺しているよ。俺が気に入らないのは、兄さんばかりが認められることだ……だから軍に入った。そこで活躍すれば、ただの貴族より余程栄誉に満ちた名前が残るだろうからね。それに、俺には責任をとるつもりがあった」

「貴様……彼女が私の婚約者と知っていてこんなことをしたのか？」

低い声に、わたしは驚いてジェレミアを見た。彼は殺してやりたいと言いたげなほど凶悪な目つきでエミーリオを睨んでいる。

だが、言われたエミーリオは涼しげな表情のままだ。

「いや、それは知らなかった。頼んできた令嬢が婚約してしまう前にジェレミア卿の目を覚ましてやるといった趣旨のことを言っていたから、まだなのだと思っていたが、そうか、もう婚約済みだったのか。

それは悪いことをしたかな……もし決闘したいというなら受けて立つよ。ただし、俺は軍でもかなり射撃がうまい方だから、痛い目を見るのは恐らくそっちになるだろうけど」

「エミーリオ！　もういい、今まで僕が甘かったんだろう。これから先、お前とカルデラーラ一族は関係ないものとする。たとえどんなことがあっても僕がお前を援助したり、口添えすることはない。お前にこんなことを頼んだ令嬢との話は僕がつける。金は気にしなくていい。それと、王都の家からも出て行け……もし戻っていたら、わかるな？」

アウレリオは冷たく、突き放すように言った。しかし、エミーリオは怯《おび》えるでもなく、困惑するでもなく楽しそうに笑った。

「わかったよ、けど、顔は変えられないからね、完全に縁が切れるとは思わない方がいい。じゃあ、まず縄をほどいてくれ。言われたとおり、すぐにここを出て行くから。それにしても、惜しかったな」

わたしは、エミーリオの目が自分に向けられていることに気づくと、きっ、と睨み返した。だと言うのに、彼はにやりと笑ったのだ。

アウレリオはソファから立ち上がると、彼の縄をほどいてやった。ほどなくして自由となったエミーリオは、手首をさすりながら、わたしを見て言った。

「それじゃあね、レディ・ロレーヌ。またどこかで会おう……君が彼に飽きた頃にね、良ければ愛人になってもいいよ」

エミーリオは、とびきり魅力的な笑顔で――ただし、顔には青あざが出来、唇は切れて血が出ていた――言った。わたしは隣のジェレミアが殺気だったのを感じ、先手を打って先に口を開いた。

「残念ね、それは絶対にないし、愛人も必要ないわ」

「そう？　でも、気が変わるってこともあるからね。覚えておいて」

「お断りよ」

わたしの言葉に、彼は背を向けて手をひらひらと振ると、やや歩きにくそうに立ち去った。外で、誰かが悲鳴を上げる声がした。恐らく、ドロテアやわたしの悲鳴に驚いて来てしまった滞在客のひとりだろうと思われた。やがて扉が閉まる音がすると、ドロテアが待っていたように口を開く。

「それで、その令嬢をどうするつもりなの？」

「あまりに常軌を逸していれば警察沙汰にしても構わないと思っているが……ジェレミア、君はどうしたい。それにレディ・ロレーヌもだ、一番被害を受けたのは君だから」

アウレリオが言うと、全員の視線がこちらに向く。

わたしは「ええと」と呻いて、どうしたいのか自分に問いかけた。

確かに、ひどいことをされたのだ。一瞬、全てが終わったかと思ったほどに。だが、その令嬢の気持ちもわかるのだ。わたしとしても、もしもジェレミアがあまりぱっとしない地味な令嬢と仲良くしていたら、はらわたが煮えくりかえる思いを味わったと思う。

何より、もう全てが終わったのだ。

エミーリオとアウレリオの会話から推察するに、放蕩していたのはエミーリオの方だということもわかった。アウレリオは濡れ衣を着せられていたに過ぎないのだ。

それでドロテアの悩みも解消したし、最悪の事態は起こらずに済んだ。

だから、もういいと思った。

「わたしは、あまり大事にはしたくありません。そのひとを怒る必要はあるでしょうけど」

「だが、私はそれでは腹の虫がおさまらない。婚約者を失いかけたんだぞ？　何より、また似たようなことをしない保証などどこにある」

「それはそうですけど」

どうしたら良いのかと考えあぐねていると、ドロテアがあっけらかんと言った。

「別に、何もする必要はないと思いますわ」

皆がドロテアを見た。彼女は、唇に人差し指を当てて、楽しそうに言った。

「だってそうでしょう？　きっとそのご令嬢、明日の舞踏会でロレーヌを見たら卒倒するわ。あの姿の貴女とジェレミア様が並んでいて不平を言えるほど器量のある令嬢なんて、わたしはレディ・グリマーニしか知らないわよ。そうでしょう？」

「ああ、確かにそうかもしれないが」

まだ納得のいかない様子のジェレミア。アウレリオはと言えば、アレを見ていないためにドロテアの言っていることがわからない風だった。

「そうですよ、それでもまだ何か言ってくるのなら、その時点で警察沙汰にしちゃえばいいんです。それからわたし、ジェレミア様を応援する会の会長と知り合いなの。彼女にこのことを伝えて、ジェレミア様が傷心だと教えておくわ。彼女たちの凄まじさはご存知でしょ？」

「それは……そうだな」

さすがのジェレミアもこれには頷かざるを得なかったようだ。わたしはドロテアにありがとうと声に出さずに口の動きだけで伝えた。すると、茶目っけに満ちた笑顔が返ってくる。

その時だった、廊下から雄叫《おたけ》びが響いてきたのだ。

聞き覚えのあるその声は、フィオレンザおばのものに間違いなかった。

四・温かな安心感

地鳴りを上げて走って来て、勢い良く扉を開いたおばは、ドロテアの姿を見つけるなり凄まじい勢いで抱きついた。

「ああ、無事で良かった。ロレーヌもいないし、何かあったんじゃないかと思って心配したのよ！」

「大丈夫よお母様。全てに決着がついたの……わたしの悩みも解決したわ、ねえ、紹介させて、彼がわたしの愛しいひとよ」

ドロテアはそう言って、アウレリオを示した。おばは涙と鼻水でちょっと悲惨な状態になった顔で、アウレリオを睨みつけ、地獄の底から響いてくるような声音で言った。

「貴方が……ドロテアをたぶらかした男なのね」

「ご、誤解です！　僕はきちんと手順を踏んで事を運ぶつもりだったのですが、事情があって、お願いです、話を聞いて下さい」

「いいでしょう。ただし、納得させられなければ夫を脅してでも結婚させませんよ」

「……は、はい」

アウレリオののどがごくりと鳴った。その側で「お母様、彼はそんなんじゃないったら」とドロテアが慌ててとりなしていた。わたしはその光景を微笑ましく眺めながら、おばと共に入って来たひとに目を向けた。

そこに佇《たたず》んでいたのは、カスタルディ侯爵夫人だった。夫人は色白の肌をさらに青ざめさせていたが、意を決したようにこちらへ歩み寄ると、そっとわたしの手に触れた。

「夫と息子から話は聞いているわ……ねえ、何があったの？　客人たちも突然上がった悲鳴に驚いていらっしゃるのよ」

「私が説明します」

ジェレミアはそう言うと、事の次第を丁寧《ていねい》に語った。全て聞き終えた夫人は、疲れたように肩を落とすと、まずわたしを見て笑いかけてくれた。

「災難だったわね。女の嫉妬はいつの時代も恐ろしいものだけど、怖かったでしょう？　全く、わたしの将来の義娘《むすめ》にひどいことをしてくれたわね」

いたわりにあふれた夫人の言葉に、わたしは驚いた。同時に、真っ先に挨拶しに行かなければならなかったのに、色々と立てこんでいたせいで行きそびれていたことを思い出す。

もちろん、時間が全くなかった訳ではない。心の底で、自分を否定されたくないという思いから避けてしまっていた部分もある。だが、侯爵夫人は穏やかな眼差しでわたしを見てくれている。嬉しさがこみあげて、胸がじんわりと温かくなった。

「でももう大丈夫よ、そうなんでしょう？」

「ええ。それに、今後はこういうことがないように気をつけますから」

ジェレミアは母親に頷いてみせた。わたしは、のどがつまり、中々喋れなかったが、何とか声を出そうと努力した。

「あ、あの……わたし……ご挨拶が、遅れて」

「あら、いいのよ。わたしも忙しかったし、ジェレミアが連れまわしていたことは知っているから、このハウスパーティが終わったらゆっくり、と思っていたの。

それに、夫とこの子のことは信じていますから」

「あ、ありがとうございます」

何とかお礼を言うと、侯爵夫人――レディ・ナタリアは「気にしないの」と言ってくれた。

「それより、大変だったろうから、ゆっくりお休みなさい。わたしはこのことを夫と客人に説明してくるから、それで、あなたはどうするの？」

「私はもう少しロレーヌについていようと思います」

「そう。それじゃあね、舞踏会には回復することを祈っているわ」

ナタリアはそう言うと、わたしに微笑んでから部屋を立ち去る。室内には、くだくだと説明を続けるアウレリオの声ばかりが響いている。それをぼんやりと聞いていると、不意に体が浮いた。

思わず小さな悲鳴が漏れる。

何ごとかと思って目を見開くと、今までにない至近距離にジェレミアの顔があった。

恐る恐る下を見て、わたしは事態を把握した。これはいわゆる「お姫様だっこ」というやつだ。

わたしは頼りない浮遊感に、とっさに彼の肩に手をかけて、困惑しながら言った。

「あ、あの、重いでしょう？　……歩けますから」

「別に重くない。アウレリオ、私たちは先に退散する」

「え、ああ……今日は済まなかったね。レディ・ロレーヌも、本当に申し訳ない」

おばの鋭い眼光に冷や汗をかきつつ説明していたアウレリオは、ジェレミアの声にこちらを向き、気遣わしげにわたしを見た。

彼の隣では、ドロテアが口を開けたまま、嬉しそうににやにやしながらわたしを見ている。彼女の言いたいことはわかっているが、正直やめて欲しい。恥ずかしくてたまらないのに、そんなににやつかれたら追い打ちだ。

「いいえ、おばの説得、大変でしょうけど頑張って下さい」

「ありがとう」

「ごゆっくり〜」

最後のセリフを言ったのはドロテアだ。わたしは怒ろうとしたが、その前にジェレミアによって部屋の外に連れ出される。

廊下に人影はなかった。おそらく、侯爵夫人が連れて行ってくれたのだろう。

わたしは恥ずかしすぎる体勢で運ばれながら、ジェレミアが向かっている場所が、自分とドロテアに与えられた部屋ではないことに気づいた。

「ジェレミア様……わたしたちの部屋に行くんじゃないんですか？」

「ああ、私の寝室に行くんだ」

「……！」

それはさすがにまずいのでは、そう思ってぎょっとした顔をしていると、ジェレミアは低い声でおかしそうに笑う。

「別に何かしたりしない……近くで休んで欲しいだけだ。心配なんだ、今日だけでなく、君には他の客より長く滞在して欲しいと思っているんだ。

家に帰るのは、もう少し後にしてくれないだろうか？」

「それは、明日来るだろう母と兄に相談した後なら構いませんけど……」

「なら、そうしよう」

肯定の返事の後は、わたしも何も聞かなかった。ここへ来て、疲れが出て来たのか、眠くなってきたからだ。けれど、わたしは彼にどうしても言いたいことがあった。

だが、こんな状態ではきちんと言える気がしない。

やがて、ジェレミアの寝室へと辿《たど》りつく。扉を開けて中に入ると、男性らしい色彩に包まれた部屋が目に入る。やや重苦しく見えなくもないが、青を多く使った部屋は、彼に合うと思った。

ジェレミアは、わたしを寝台へと運ぶと、横にして訊ねてきた。

「何か欲しいものはあるか？」

言いながら、頭を撫でられたわたしはくすぐったい思いで目を閉じる。少し不安げな声が、ひどく心地良くて、心がゆったりと安らぐのを感じた。

「いえ、……あの、今日は助けに来てくれて嬉しかったです、ありがとうございます」

「いい。それよりちゃんと休め、明日は客人の注目を浴びることになるだろうから、きっと疲れる」

「はい。おやすみなさい」

「おやすみ」

静かに交わされた声の後、わたしは目を閉じた。

やはり疲れていたのか、すぐに眠りが訪れ、そういえばわたしに寝台を開けてしまった彼はどこで眠るのだろう、と夢うつつに考えたが、それもすぐに眠りの海に呑み込まれて消えた。

その答えは、翌朝すぐに明らかになる。

五・心臓に悪い朝

翌朝、霞《かすみ》かがった頭で目を覚ましたわたしは、横にある温かな何かに違和感を覚えて身じろぎした。なんだろう、猫でもいるのだろうかと思って、呻きながら目をこすり、良く確認しようとした。

その結果、絶句した。

な、なぜに朝からいきなり美麗顔があるんだろうか。

しかも、まだ目覚めておらず、整えていない髪が顔にかかり、さらに視線を移動させると、上半身がむき出しであることに気づく。

「……？　……！　……っ！」

わたしは声もなく驚き、衝撃で呼吸困難になりつつ、寝台から出ようと試みた。しかし、何かが引っかかって出られない。おかしいな、なんでだ、早くここから出て状況の確認を、などと思いながら理由を探れば、背中に腕がまわされている。

しかも、密着すれすれの位置だ。ちなみに脚はくっついているらしい感触がある。あまりの衝撃に、わたしの脳みそは沸騰しそうだ。

ほぼ停止しかけた頭で、昨日のことを思い返せば、確か心配だから近くで休めとジェレミアにここへ連れて来られたのは覚えている。泣いたことと、疲れがたまっていたせいか、横になるとあっさり眠ってしまったらしい。

そういえば、ジェレミアはどこで眠るのだろうと思った気がしないでもない。

だがまさか、同じところに横になっていようとは。いや、確かにここは彼の寝台だ。だからどう使おうが自由だ。それに、余計な心配をかけて占領したわたしが言えた義理ではない気もする。

でも、これはない。まだ結婚前なのに……！

などと怒涛《どとう》の勢いであらゆる箇所に突っ込んでいると、わたしを抱え込んでいたジェレミアが目を覚ました。上目づかいに見れば、とろんとした視線とぶつかる。

「お、おはようございます」

若干引きつり気味にわたしは言った。すると、嬉しそうな笑顔が返ってくる。

「ああ……おはよう、良く眠れたか？」

「はい……ぐっすりと。その、もう起きたいので離してくれませんか？」

「嫌だ。この方が気持良い、もう少し」

彼は口の中でもぐもぐと言うと、再び目を閉じて寝息を立て始めてしまう。このまま放置されてはたまらない。わたしは困りながら言った。

「えっ！　ちょっ、お願い寝ないで下さい、ジェレミア様？　ジェレミア様～！」

「……様はつけないでくれ。私たちは結婚するんだぞ？」

「で、でも……」

「そう呼ばなければ離さない」

そう言われては呼ぶしかない。何としてでも離して欲しいのだ。このままでは心臓が持たない。

「じ、ジェレミア……は、離して下さい」

「嫌だ」

――何でぇぇ～～～？

その後もしばらく似たような問答がつづき、ようやく使用人が起こしに来た頃には、わたしはほぼ抜けがらと化していた。

◆

「あんまり詳しく聞くのは失礼だと思うんですけど、どうでした？　男性と初めて同じベッドで過ごした感想は」

よれよれしながら着替えていたわたしに問うてきたのはドーラだった。ちなみに、まだジェレミアの寝室だ。彼は先に出て着替え、この寝室と続き部屋になっている居間でわたしを待っている。

ジェレミアは口元をひくつかせながら起こしに来た執事に、ドーラを呼ぶようにいいつけ、今日はここで朝食をとるようにと命令してきた。

別に否はないので、大人しく従う。それに、あの後でいきなり大勢がいるかもしれない席に顔を出すのは正直嫌だった。きっとジェレミアは気を使ってくれたのだろう。

「どうも何も、相手がジェレミア様、じゃなくてジェレミアだから心臓に悪いし……これが続くとしたら早く慣れないと大変かも」

わたしはぼやくように言った。寝台の中で、何度も呼び間違えたことを思い返すと頭痛がしそうだ。とは言っても、長いこと様をつけて呼んできた崇拝、及び観賞対象様を呼び捨てにするにはしばらくかかりそうだった。

「そうでしょうねえ〜、まあ、最初ですから優しくして下さったんですよ」

「何か勘違いしてない、ドーラ」

「いえいえ、深くは聞きませんよ」

にやにやしつつ答えながら、ドーラはてきぱきとわたしの着つけを済ませて行く。相変わらず手際がいい。どれだけ助けられたことかと今さらながら思った。

「はい、終わりました。今日は楽しみですね、好きなように結わせて飾らせて頂きますからね、覚悟しておいて下さいよ」

「うう、わかってるわよ」

また大勢の目にさらされるのかと思うと気が重い。大体、たった二、三人に注目されるだけでそわそわしてくるというのに。本当に大丈夫だろうかと思いながら居間へ向かう。

ドーラはドロテアのこともあるからと、まだにやにやしながら退室していった。

そのため、居間に向かうのはわたしのみだ。一歩、足を踏み入れると、そこでは日差しを浴びて、のんびりと本を読むジェレミアの姿があった。

注ぐ日差しは彼の艶《つや》やかな黒髪を輝かせ、物憂《ものう》げな表情が整った顔に浮かぶさまは、本当に心から綺麗だと称賛出来るものだった。

ぼうっと見惚《みほ》れていると、彼がこちらに気づいた。

「ああ、来たか。じゃあ食事にしようか……もう運ばせてあるから、君は確か卵が好きだったな」

「……何でご存知なんです？」

「食事の席で君が一番食べ残さなかったものが卵だからかな」

だから、なぜそれを知っているのだろうか。答えは単純。眺めていたんだろう……わたしだって、ガン見し続けた結果、彼の好物と嫌いなものは知っている。

好きなひとのことは何でも知りたい、という欲求もあったと今では確信しているが、その時はこの感情がそうだとは知らなかった。

わたしは白い石の丸テーブルに並べられた食べものをざっと見た。

赤みを残して薄く切った冷肉。添えられたソースは、辛みの効いたペースト状の物。こんもりと盛られたあまりふんわりしていないパン。色とりどりの野菜の酢漬けと、飲みものが並んでいる。

他には、ゆでた卵や、豆と穀物のスープもある。

「ふたりだけなのに、何だか多いですね」

「どうやら使用人たちが勘違いしてお祝いを込めてくれたらしい。ほら、焼き菓子もある」

彼の示した場所を見れば、確かに可愛《かわい》らしいナッツのケーキがあった。この時期貴重な南部産の果物がのせられているので、本当にお祝いらしい。

――まだ何もしてないのに……。

それに、このまま結婚するかどうかもわからないのだ。彼が、もし結婚に恋愛感情を持ちこみたくないと考えているとしたら、婚約は破棄《はき》される可能性もあるのだから。

わたしは嘆息しつつ席に着くと、言った。

「せっかくですからいただきましょう、まあ、実際には何もありませんでしたけど」

「昨日は大変だったな、大丈夫か？」

「はい。お陰で良く眠れましたし、平気です……と言っても、舞踏会で大勢の目にさらされることを思うと気が滅入《めい》りますけど」

「はは、それも慣れだ」

彼は言って、食事を始めた。つづいてわたしも果実水を手にする。それからしばらくの間、他愛《たわい》もないことを話しながら食事をした。

六・いざダンスホールへ

食事をしながら、わたしは少し疑問に思っていたことを訊ねた。

「そうだ、どうして部屋に駆けつけて来た時にカルデラーラ卿と一緒だったんですか？」

「ああ、そのことか。実は昨日、ようやく探偵が彼の弟の存在をつかんだんだ。様々な人の話だと、放蕩していたのは弟の方で、兄のアウレリオではないそうだ。良く似ているから間違えやすいが、発言の食い違いから気がついた者が多いようだ。

なぜそんな弟を放っておくのか、レディ・ドロテアのことはどうするつもりなのかと訊《たず》ねたら、やはり自分が爵位を継いだせいで、弟を危険な軍務に追いやった負い目だと言われたよ。レディ・ドロテアのことは本気だそうだ。それから、君たちにこのことを伝えに行こうとしたんだが、凄まじい悲鳴が聞こえて、あの時は心臓が止まるかと思ったよ」

ナイフとフォークで肉を切り分けながらジェレミアは説明してくれた。わたしはなるほど、とうなずいた。同時に、安堵《あんど》もした。

「カルデラーラ卿が放蕩貴族じゃなくて本当に良かったです。これでドロテアも幸せになれるわ、それに、おばも喜ぶでしょう。合同で結婚式を挙げるんだとか息巻いていましたから」

「ほう、合同結婚式か、悪くないな。だが、私は出来るだけ急いで式を挙げようと思っているから、彼らが賛同してくれなくてはだめだろうな」

「どうして急ぐんですか?」

「もう今回のようなことはごめんだからさ」

それはそうだ、とわたしも思った。けれど、結婚したところでジェレミアは魅力的だ。決して、わたしを邪魔に思う者はいなくならないだろう。だが、結婚すれば法律の守りも得られる。彼が言いたいのはそのことなのだろうと思った。

やがて、食事を終えると、簡単なダンスのレッスンをした。

万が一にも失敗したくないと言うわたしの願いを快く聞き届けてくれたのだ。レッスンにはタチアナやグリマーニ卿やパオラ、見ているだけでこっちが熱に当てられそうなドロテアとカルデラーラ卿も呼んだ。昨日のことを話しながらのレッスンと、ごく内輪だけのお茶会はとても楽しかった。

その後も、ジェレミアはわたしの近くから離れずにいた。

今日は領地の見回りや、他の仕事はないのかと問うたところ、大丈夫だと返ってきた。今日は侯爵夫妻も舞踏会の準備で忙しいからだという。

わたしはまだ彼に本音を告げていない。

これは良い機会だと思って、それとなく話を切りだそうと試みたのだが、どうしても怖さが先立ち、結局言えないまま時が過ぎてしまった。

わたしは後悔しつつ、舞踏会の後には絶対に言おうと誓った。

午後になると、楽隊も到着して、使用人たちが忙しくなる。

わたしも部屋に引き取り、目を輝かせたドーラに捕まると、いよいよ準備が始まった。

本音を言えば、今でもまだ彼の隣に自分が立って良いのだろうかという不安があった。鏡の中の自分を見て、納得したはずなのにも拘《かか》わらずである。

大人しくドレスに着替えて髪を結われながら、わたしは押しつぶされそうな気分だった。

やがて全ての支度が整うと、あの首飾りをつける。

パオラの言った通り、その宝石はドレスに良くあった。ふいに、ジェレミアが馬車でこれをつけてくれたことを思い出すと、この首飾りが特別なものに思えてくる。

全てが整うと、鏡を見たドーラが言った。

「完璧ですね」

「そうね、これで貴女がジェレミア様の隣にふさわしいってこと、馬鹿なことした令嬢たちに見せつけてやりましょうね」

「う、うん」

ドロテアの力強い励まし？　に、わたしは頷いた。ドーラが「お支度が整いました」と外へ声を掛ける。すると、扉が開いて、すでに夜会服に着替えていたジェレミアとカルデラーラ卿が現れた。どうやらふたりは意気投合したのか、外からは楽しげな話し声が聞こえてきていた。

カルデラーラ卿は、まずドロテアを見た。

「綺麗だよ、普段の君も素晴らしいけどね。それに、レディ・ロレーヌ……これは、ジェレミアが必死になる訳だよ。とても美しい」

「あ、ありがとうございます」

恐縮していると、ジェレミアが腕を差し出して来た。

鼓動が速くなる。いよいよなのだ……そう思うと自然と足がすくむ。が、そんなわたしの心境などお見通しだとでも言いたげに、ジェレミアは言った。

「さあ、行こうか。君が私の隣にふさわしくないなどという輩《やから》に見せつけてやろう」

「は、はい」

本当にそんなことが可能なのだろうか。わたしは不安に思いながらも、彼の腕に手をかけた。そのままエスコートされて廊下へ出ると、以前踊ったホールへと向かう。後ろからタチアナとグリマーニ卿も来た。他にも、準備の出来た人々が最後の滞在を惜しみながらホールへ向かう。

するとわたしを見た人たちは、驚き、気遣わしげな顔を向けてきた。気遣わしげな顔をしているのは、あの夜の騒動を知っている人だろう。

わたしは彼らに会釈を返しながら、足を動かす。

緊張で気持ち悪くなってきた。

わたしは、ホールに行けば母と兄がいるから、彼らに会いに行くだけだと言い聞かせて自分をなだめた。隣を行くジェレミアは憎らしいほど堂々たる足取りだ。

眉間《みけん》にシワを寄せていると、途中で立ち話をしていたおばとパオラに会う。

「あら、今日の主役がやっと来たわ。それに、話は聞いているわよ……ろくでもないことをした令嬢の名前もね。でも、貴女を見たら自分がどれほど愚《おろ》かかわかるわ。顔を見たけど、そこそこ可愛いだけよ。何より、中身は側溝の水より劣っていて腐りきっているもの。あんなじゃ悪魔だって魂食べないわ」

パオラは会うなりそう言うと、羽扇の後ろから「ふふふ」と含み笑いをもらす。

「そうですよ！　ロレーヌ。あら、カルデラーラ卿、丁度良かった。今日は主人も来ているんですのよ、わたしたちを迎えに来たついでに、一泊させて頂く予定なの。どうか会って下さいね」

「え、パルマーラ男爵がですか……は、はい」

それまでドロテアに甘い言葉をささやき、こちらまで砂糖を飲んだような気分にさせていたアウレリオは、それまでのくつろいだ空気を一変させて顔を引きつらせた。若干緊張もしているようだ。

カスタルディ家に招いた貴族や名士たちは、今日まで滞在し、明日帰る予定の者が多い。中には、パルマーラ男爵のように、迎えに来て泊って行く者もいた。舞踏会だけに参加する客の中には、近くの町に宿をとって参加する場合もあった。

わたしはアウレリオを見ながら、おばさん、とんでもない不意打ちをするなあ、と思った。すると、何やらじれた様子のジェレミアが言った。

「それじゃあそろそろ行こうか」

「そうね。ロレーヌを見てどんな反応するかが楽しみだわ」

パオラはそう言って、わたしの後ろに立った。六人は連れだってホールへ向かう。やがて、開かれた扉の向こうから軽やかなダンス音楽が聞こえてくると、わたしはごくりとつばを飲み込んだ。

七・お披露目の時

ホールへ足を踏み入れると、ざわり、とした喧騒に包まれる。

ジェレミアが現れたことで、こちらへたくさんの視線が向けられた。肌がぴりぴりして、胃が重い。お願いだからそんなに見ないで、というわたしの心の叫びなど届く訳もなく、ひそひそと交わされる会話が耳に入ってくる。

「あの方、誰かしら？　どこかで見たような気がするのだけど」

「そうね。それにしてもお綺麗な方ね……もしかして、侯爵夫人が仰《おっしゃ》っていた重大発表ってあの方に関係することかしら」

「そうかもしれないわ。それにしても、お似合いね」

ほう、というため息が聞こえる。

こちらを見るのは女性ばかりではない。男性もだ。

「おい、ジェレミア卿の隣にいるひとは誰だ？　最近ここへ来たのか？」

「いや、知らないが、今日は客の出入りが激しいからそういうこともあるかもしれない。それにしても、美人だな……」

「ああ、あんな美人なら一度は踊ってみたいものだが」

美人？　お綺麗？　お似合い？　踊りたい？

自分とは無縁どころか針の先ほども言われる可能性なんかない言葉さ。ははは、言われたら冗談か、言った人の正気を疑うぜ、それかタチの悪い嫌がらせだろうさ。

もしそれ以外で言ったヤツがいたとしたら、きっと目が腐ってるんだ。可哀想な話さ。病気なんだよ、自分に出来ることはせいぜい、医者を紹介してやることくらいだな。

そう言うと、手に持ったグラスの中で氷がカラリと音を立てる。

哀愁に満ちた表情を浮かべたそのひとの前では、マスターがただ淡々とグラスを磨き、客が置き去りにしていったたばこが、灰皿の中で儚《はかな》く崩れ、燃え尽きる音が静かに響いた……。

などと脳内で変な空想を展開してしまうほどありえない言葉群が次々と羅列《られつ》されていく。

わたしは信じられない思いで足を動かしながら、家族の姿を探した。家族なら率直な意見を聞けるはず、と思ってのことだ。

やがて、わたしより先にジェレミアが母を見つけた。

母はこちらに気づくと、すぐに歩み寄って来る。今夜の母は舞踏会用の華やかなドレス姿で、恐ろしいほど美しい。その隣には正装した兄が佇んでいる。

招かれた紳士淑女の注目の的になっていたふたりが近づくことで、より視線がこちらへ集中する。

わたしは思わず身を縮めてしまった。

「まあ！　カスタルティ卿、素晴らしい舞踏会ですわね。お招き頂けて光栄ですわ」

「いいえ、こちらこそお越し頂けて嬉しいですよ。お楽しみ頂けていれば良いのですが」

「もちろんですよ。これほどの舞踏会は中々出来るものじゃありません」

「いいえ、取り仕切っているのは母ですから」

母と兄はまずジェレミアに挨拶した後で、わたしを見た。同時に、兄もこちらを見る。

「まあ、ローヌ、すごく綺麗よ。楽しみにしてきた甲斐《かい》があったわ。道理でさっきからうわさされている訳ね。きっとわたしたちが親子だってことに気づいている方もいるでしょう」

「そ、そうなのかな、本当を言うと信じられないの。だって、ずっとそんなうわさとは無縁の場所にいたんだもの」

家族なら率直な意見を言ってくれるだろうと思っていたのだが、予想に反して褒《ほ》め言葉の連発だ。

「何を言ってるんだ。今日のお前は綺麗だよ、ねえ、カスタルティ卿」

「ええ、まあ、着飾っていなくてもローヌは可愛いと思いますけどね」

ジェレミアは兄のセリフを受けて言う。すると、母と兄は何やら意味ありげな視線を向けてくる。

「あらあら、愛されちゃってるわね。それが見られただけでも来た甲斐があるというものよ。ほら、他の方々にもご挨拶するのでしょう？　わたしたちとは後でゆっくり話せばいいんだから、行ってきなさい」

母はわたしの背中を押して、他の客たちの方へ行くように言う。本当はもう少しこうしていたいのだが、今日は婚約発表の日なので、そうはいかない。名残惜しい気分でわたしは頷いた。

「え、あ、うん……じゃあまた後で」

「それでは失礼します」

ジェレミアは会釈して、きびすを返す。

すると、前方に佇んでいたある令嬢と目が合った。彼女はわたしの隣を見てから、再びこちらを見る。元々青ざめていた顔が、驚愕に引きつるのがわかった。

彼女はしばらく食い入るようにわたしを見て、唇を強く引き結ぶ。

その令嬢には見覚えがあった。様々な催しに招かれた際、ジェレミアをじっと見つめていたからだ。わたし以外にも似たようなことをしているひとがいるんだな、と思ったので、良く覚えている。

彼女の表情は、まさに恋する乙女のそれだった。

そこまで思い出し、もしや、と思って目を見開く。

そんなわたしの心を読んだように、ジェレミアがそっと耳打ちしてきた。

「彼女が、君を陥《おとしい》れるようにエミーリオに頼んだ令嬢だ」

「そう……可愛らしい方ね」

静かに言うと、わたしは真っすぐにその令嬢を見て、微笑みながら会釈した。令嬢はわたしから目をそらすと、ややふらつく。

彼女の周囲には似た年頃の令嬢がたくさんいた。

恐らく、彼女たちもジェレミア狙いでここを訪れた令嬢たちなのだろう。彼女たちは、慌ててふらついた令嬢を支え、こちらを見るが、気遅れしたようにすぐ目を反らしてしまった。

やがて、何とか立ち直ったその令嬢は、意を決したようにこちらへ歩み寄って来る。わたしは立ち止まり、彼女が何を言うのか待った。

彼女は唇をわななかせて、何か言おうと口を開くが、中々言葉にならないようだ。

その様子に、わたしは自分の中にわきあがった、仕返ししてやりたいという気持ちがしぼんで行くのを感じた。

ドロテアの言った通りだ。

彼女はもう十分、わたしにしたことの報いを受けている。

たとえ、彼女のもくろみが上手く行き、わたしを傷物にすることが成功していたとしても、ジェレミアの気持ちが彼女に向くことは決してない。やや潔癖なところがあるジェレミアが、誰かを陥れて、欲しいものを手に入れようとするような人物を好きになることは決してない。

それを知っているだけに、彼女の全てが滑稽《こっけい》に見えて、悲しみをおぼえる。

だが、そんなわたしの心の内など露知らず、傲岸《ごうがん》に顔をあげた令嬢は、瞳に憎悪を込めて言った。

「初めまして、レディ・ロレーヌ。……これほどお美しい方だとは思ってもみませんでしたわ。でも、わたくしは自分のしたことは後悔してませんし、思いを諦めたりはしませんから」

「まあ、褒めて下さって嬉しいわ。でも、わたしには貴女にそのようなことを言われる心当たりがありません、ごめんなさいね」

わたしが言えば、令嬢は屈辱に満ちた顔をした。

「そう、それならそれでも構いませんわ。余程ご自分に自信がおありなのね、でも、それがいつまで続くかしら。どこで何が起こるかなんて、誰にもわかりませんものね」

「ええ、その通りね。でも、わたしには自信なんてありません。ただ、わかっているのは、汚れた心のままでは、どんなに愛らしい容姿をなさっていても、素敵な殿方に愛してもらえることは決してないだろうということだけです。わたし自身の経験として、心からそう思っています」

言葉通り、彼女が変わってくれることを願ってわたしは言った。

「……っ！　貴女がわたくしの何を知っていると言うの。それに、わたくしたちの階級の人間にとって、愛は結婚には関係ありませんわ。そうでしょう、ジェレミア様」

彼女は、救いを求めるようにジェレミアを見る。

だが、訴えるように見てくる令嬢に対し、彼は心まで凍りつかせた上で叩き壊すような冷たい眼差しを向けただけだった。軽蔑までをも含んだ、無表情。わたしでも彼の目の冷たさにぞっとしたほどだった。

令嬢は完全に声を失ってしまった。

彼は、彼女の質問に一言も答えることなく告げた。

「失礼、他の客人を待たせているのでね」

それから、きびすを返して、別の方向へ向かう。視界から彼女が消えさる直前に見た顔は、絶望に満ちていた。いくらなんでも冷たすぎるのではと思った。

腰に手を添えられたままのわたしは、小さな声で言った。

「もう少し柔らかい態度でも良かったと思うんですが」

すると、彼は心外そうな顔をした。

「君は優しいな、自分を傷物にして人生を台無しにしようとした輩にまであんなに優しい言葉をかけてやるとは。まあ、そんな君だからこそ、結婚したいと思ったんだが」

「優しくはなかったと思いますが。それに、彼女は貴方のことが好きだったんですよ、心から」

「私から婚約者を奪おうとした報いさ。これでもまだ何かしてくるようなら、今度こそ警察に事と次第を告げるつもりだ。もうあんな思いはしたくない」

ジェレミアは忌々《いまいま》しげに言った。腰に添えられた手に力がこもる。わたしは、これ以上は何を言っても平行線だろうと思ったので、それ以上何も言わなかった。

やがて、遠くに夫人の姿が見えてきた。ジェレミアは「母のところへ行くよ」と告げ、わたしも頷く。候爵夫人は地元の名士らしき人たちと何か話していたが、ジェレミアとわたしに気づくと、会釈して手を二回打ち鳴らした。

「皆さん、実は今日、とても喜ばしいお知らせがあります。息子のジェレミアと、バルクール男爵家のレディ・ロレーヌが正式に婚約いたしました。どうぞ、一緒にお祝い頂ければ嬉しいわ」

一瞬、場を静寂が包んだ。だが、すぐに歓声がわく。酒杯を手にしている者は杯を高く掲げ、祝いの言葉を叫んでいる。同時に、少なからぬ令嬢とその母親が悲鳴を上げたのも聞こえた気がした。

八・期待に揺れて

一方のわたしはといえば、今すぐ消えてしまいたい衝動に駆られていた。

ああ、透明人間になれたらいいのに。と言うか、まさかこんな風に公表するとは思ってもみなかった。てっきり、ひとりひとりに挨拶しつつ、婚約者ですと紹介していくものだとばかり思っていたのに。

こんなに一斉に注目の的になるとか、本気で精神が霞になって消えそうな気分だ。

何てことするんだ、と言いたげにジェレミアを見れば、ひどく満足そうな笑みを向けられる。今までに見たことがない、してやったりという笑顔だ。

飛び交う祝福の言葉と、乾杯の音の中、ゆったりと円舞曲《ワルツ》が奏でられ始める。

ジェレミアはその笑顔のままに、わたしから一旦離れて言った。

「私と踊っていただけますか？」

何だか罠にはめられたような気がするが、彼の誘いを断ることなど出来ない。

いつまでだって、この顔を見つめていたいくらい、その声をずっと聞いていたいほど、彼のことが好きなのだから。わたしはふっと笑って、応えた。

「喜んで」

そのやり取りを目にしていた人々は、中央に出て行くわたしたちに道を開ける。まだ誰も踊っていない。わたしたちがその皮切りになるようだった。

注目の中、そろそろとステップを踏む。

まだそれほどうまく踊れないけれど、何とか必死で覚えた最新のダンスだ。

しばらくはわたしたちだけが踊る。

心臓は今にも爆発しそうだ。それでも、しっかりとリードしてくれる力強い腕に身を任せていれば、自然と動くことが楽しくなってきた。

曲が進むと、他の組も踊りはじめる。

タチアナがこちらに片方の目をつぶって、おめでとうと言ったのが見えたので、わたしは恥ずかしくなりながら頷いた。

ドロテアとアウレリオ、タチアナにブルーノも加わる。他にも、カスタルディ家に滞在している間に仲良くなった男女や、仲の良い友人同士、地元の名士や政治家らの息子とその娘たちも加わってきた。

舞踏会はこうして幕を開けた。

わたしたちは何曲か踊ってから、輪を離れる。

用意されていた軽食をとり、飲み物でのどをうるおして体の熱が引くのを待っていると、ジェレミアがやや言いづらそうに話しかけてきた。

「その、君に話しておきたいことがあるんだが……少し外に出ないか?」

わたしは飲むのをやめ、そういえば自分にも言いたいことがあったのだと思いだした。緊張続きで忘れていたのだ。これは良い機会かもしれない。

「はい、あの……実はわたしも言いたいことがあるんです」

「そうか。それなら、庭に行こうか」

ジェレミアは一瞬戸惑《とまど》ったような顔を見せてから、ホールの南側にある扉を示した。そちらから出るのが一番近い。大扉は常に解放されて、疲れた客や、喧騒から離れて話をしたい者たちが良く出入りしている。

わたしは、ジェレミアの差し出した腕に手を置いて、歩き始めた。

こちらを見る目はあったが、おおよそふたりきりになりたいのだろうと思われているのか、誰にも声は掛けられなかった。

廊下に出ると、図書室や食堂を通り過ぎ、庭へとつづくテラスへと出る。

そこから、屋敷の外に広がる自然庭園が良く見えた。と言っても、今は夜。月が出ているものの、それほど良くは見えない。

ジェレミアはテラスを通り過ぎ、誰かが立ち聞き出来ないような場所へと向かう。

やがて、庭園の中を流れる小川に掛けられた石橋のところまで来ると、彼はようやく立ち止まった。まだ春の初めで、夜の風は冷たい。

わたしが小さく震えると、ジェレミアはすぐに気がついて、上着を脱ぐと肩に掛けてくれた。その自然な動作に、胸が締め付けられる。

「すまない、外套を持ってくれば良かったな。だが、建物の中では誰かに聞かれるかもしれないと思って……」

「いいえ、わたしなら平気です。ありがとうございます」

そう答えると、ジェレミアは少し安堵したような顔をしてから、咳払いをした。

「そうか、では手短に済ませよう。ただその前に、私は君に謝っておかねばならない」

「謝る？　どうしてですか」

「先ほどの発表のことを含めた、これから話す全てについてだ」

彼の言いたいことが全く見えてこないので、わたしはただ首を傾げた。同時に、心を不安が覆《おお》っていくのを感じる。

もしや、婚約は間違いだったとでも言うのだろうか。

それとも、婚約や結婚に対して、何か条件のようなものがつきつけられるのだろうか。

ジェレミアはばつが悪そうな顔で、語り始めた。

「私は、ずっと君を騙していたんだ。こうでもしなければ、君が素直に私との婚約に応じてくれると思えなかった……だが、早く手を打たなければ、カルデラーラ卿の弟のように、君の魅力に気づいてしまう者が現れるかもしれない。何とかしなければ、と思っていたところ、君の方からこの屋敷へやってきた。いくらでも近づく口実が出来た。

しかし、いきなり思いを告げたところで、君が信じるとは思えなくてね、だから、まずは他の者を牽制《けんせい》することから始めることにした」

遠くを見ながら、淡々と語る彼の言葉が、まるで愛の告白のように思えて、わたしは思わず目をそらす。期待と不安が入り混じり、どうしようもなく気持ちが乱れた。

「正直、後であの言い方はまずかったと思った。なのに、君は私の申し出を受け入れてくれた。驚いたが、この機会を決して無駄にするまいと必死だったよ。

君は私の外見は好きだと言ってくれたが、私自身については何も言わなかった。それでも、外見を利用すれば、君の気持ちも揺らぐかもしれないと考えた。

だと言うのに、あの手この手で誘惑しても、贈り物をしても効果がない。けど、それが君の劣等感から来るものだとわかってからは、何としてでもその思い込みを捨てさせたいと思った」

風が微《かす》かに動き、ジェレミアがわたしに向き直ったのがわかる。

それから、両手を握られた。けれど、わたしは顔を上げられず、揺れる胸の内を抑え込むのに精いっぱいだった。

「ようやく、君はその思い込みを捨ててくれたね……嬉しかったよ」

おかしい、これではまるで愛の告白ではないか。彼が穏やかに語っているのは、わたしを丸めこむ苦労話だ。どういう意味なのか、わたしはついに我慢出来なくなって聞いた。

「……あの、待って下さい。それじゃあ何だか、わたしのことが好きだと言っているように聞こえます」

すると、彼は驚いた様子でわたしを見ると言った。

九・観賞対象から告白されました。

「まだわからないのか、私はずっとそう言っているじゃないか」

突然の告白に、わたしは目を丸くした。到底信じられるはずがない。

思わず震える唇でつぶやくように言う。

「だ、だって……貴方はタチアナが好きだとばかり」

「何だって！　どこでそんな勘違いをしたんだ」

「最初に、ダンスのレッスンをした日に……貴方はタチアナを見ていたから」

混乱した頭で何とか言うと、ジェレミアは一瞬呆気《あっけ》にとられたような顔をして、楽しそうに笑いだす。彼がなぜおかしいのかわからないわたしは、置いてけぼりを食らったように感じ、苛立《いらだ》ちを感じた。

「原因はそれか。実は、彼女とブルーノには私の気持ちを話してあるんだ。それとなく協力してくれるように頼んでね。彼女を見ていた理由はそれだよ。

だが会わせてみれば、タチアナはかなり君が気に入ったらしいね。彼女はいい友人だが、あくまでもブルーノの妻だ、私が妻にしたいのは君だけだよ」

「そ、それじゃあ……」

言ってもいいのだろうか――貴方が好きだと、愛していると。わたしの眼差しに浮かんだ思いをすくいとるように、彼は言った。

「ああ、私は君を愛している」

ちゃんと聞こえた。空耳ではない、ちゃんと聞こえた！

彼の目をじっと見る。その口が「冗談だ」と言わないか心配だった。しかし、彼は黙っている。ふざけている様子もない。わたしは確信した。

嘘ではないのだ。

その事実に、目頭が熱くなる。彼は口元を押さえたわたしに向け、さらに言葉を重ねた。

「たとえ、君の方が私に対して、友情しか持てなくても構わない。いずれ、好きになってくれればいい。でも、他の男に渡すのだけは嫌だったんだ……こんな風になし崩しに婚約させたことは申し訳なかったと思っているが、後悔はしていないよ」

握られていた手が離され、今度は強く抱きしめられた。わたしは、呆然としながら、抱きしめられる直前に彼が見せた切なそうな顔を思い返し、言わなければと思った。

ずっと気づかない振りをしてきた感情を、ちゃんと伝えなければ。何より、今言わなければ後悔すると思った。

「わたし、わたし、は……ずっと、自分は貴方にふさわしくないと思っていました。だから、見るだけでいい、それで満足だと言い聞かせていた。でも、やっぱり、無理だった」

「ロレーヌ？」

「わたしも、貴方が好きです。愛してます……」

告げて、ぎゅっと彼にしがみつく。

嬉しさで頭がどうにかなりそうだ。それでもいいと思えるほど、幸せだった。

「それは……本当か？」

ジェレミアの声は震えていた。わたしは、彼の腕の中で何度も頷く。すると、より強く抱きしめられた。彼は耳元で、感極まったような声を出した。

「何てことだ、それなら、こんなことをしなくても良かったんじゃないか」

「いいえ、貴方が色々なことに気づかせてくれなければ、わたしはきっと受けいれなかった。だから、無駄じゃありません」

「ああ！　そうか……嬉しいよ。今日は最高だ！」

わたしが言えば、ジェレミアは高らかに笑いだした。わたしも釣られて笑った。だが、何となく気になることがあった。

「あの、どこまでが計画だったんですか？　もしかして、カルデラーラ卿の弟やあのご令嬢は」

「いや、彼らのことは知らない。あの事件は、私にとっても予想外だったんだ。

私はただ、君がここにいる間に何としてでも婚約者にさせることだった。まずは恋人役を頼んで、それからゆっくりと口説き落としていく予定だっただけだよ。

うまくいかなかった場合でも、夜をふたりだけで過ごすように仕向けて、醜聞を恐れさせて婚約に持ち込もうと考えていたくらいだ」

語られた内容に、わたしは驚いた。

一歩間違えればとんでもないことだ。だが、そこまでしてわたしを自分の妻にしようとしてくれたのだと思えば、これ以上喜ぶべきことはない。

それでも、あの事件がきっかけになったことは確かだった。エミーリオに触れられたあの時、ようやく自分の恋心に確信を抱いたのだ。それまでは、この苦しい感情を、ただの憧れだと片づけてしまっていたのだから。

「利用出来るものはどんなものでも使うつもりだった。だから、自分の地位も利用したんだ……責任をとって結婚するとまで言われたら、優しい君は断れないだろう？

何より、結婚相手を探している君にとって、私は理想的な候補だったはずだ。望みが叶《かな》うなら、たとえ心に別の男がいたとしても、私を選ぶと考えたのさ」

「そんな男性なんていなかったのに……わたしは、自分でも気付かなかった時からずっと、貴方が好きでしたから」

はっきり言うと、ジェレミアは体を離し、わたしの頬を両手で包むと問うてきた。

「それなら、このまま私と結婚してくれるんだね？」

「はい」

「私だけを男として見て欲しい。男性の友人を持つなとは言わないが、そんなことをされたら相手を殺して、君をどこかへ幽閉してしまいそうだ」

彼のセリフに、わたしは思わず笑ってしまった。

「ありえませんよ、そんなこと。わたしが一生眺めていたいのは、この顔だけです。今だけでなく、年老いた顔も、嬉しい顔も、怒った顔や悲しい顔、少し意地悪な顔も、全部見たい……」

そう言うと、ジェレミアは心底嬉しそうに微笑んだ。

すると、顔がもっと近づいてくる。

「それなら、もっと近くで見るといい。私も、君をもっと近くで感じたい……」

吐息が口元にかかっても、わたしは逃げず、むしろ自分から顔を近づけた。やがて、静かに唇が重なる。柔らかな感触に目を閉じれば、優しく抱き寄せられた。

最初はただ触れるだけの口づけ。

けれどそれは、次第に熱を帯び、深さを増していく。

うっすらと目を開ければ、愛《いと》おしくてたまらない、誰よりも綺麗だと思う顔がある。これから先、飽くことなく眺め続けることだろう。たまらなく幸せだった。彼と生きていける喜びに満たされて、わたしは思った。

観賞対象と見る以外に、接点など持ちえないだろうと思っていた彼に告白されたこの夜のことは、決して忘れないだろう、と……。

《了》

観賞対象から告白されました。2

It was confessed from the target

番外編　見えないレディの正体

頭に花が咲いた状態、ということが私には今まで全くわからなかった。

なぜそんな状態になるのか、理解に苦しみ、自分には関係のないことだと諦めてそのまま忘れていた。それに何より、それは「記憶持ち」と呼ばれる前世の記憶を持った人々が持ち込んだ言葉だったから、私に理解できる訳がないとも思っていたのだ。異なる文化を本当の意味でわかるのは難しい。

が、今のわたしにはまさにそれしか当てはまる言葉がないのである。例えば、母にどうしても家名が思い出せない令嬢がいる、と言って訊ねてしまうくらいには。

もちろん、そんなことをすれば変な勘繰りをされるだろうが、それよりも何よりも、私は蜜色の髪の女性のことを知りたかった。

「そうねえ、それは恐らくお隣のバルクール家の娘さんじゃないかしら？　少なくとも、わたしの知る若いお嬢さんでそんな独特の髪の色をしていてロレーヌという名前の人は彼女しか知らないわ。でも、変ねえ、何しろお隣ですからね、邸《やしき》が離れているからそれほどの行き来はないけど、何度か会っているはずなのよ？」

母は不思議そうな顔をして言った。

私はと言えば、そんな至近距離にいたのかと思うとめまいがする思いだった。盲点もいいところだ。なんということだ。しかし、彼女ならあり得そうなのが微妙に笑えない。

しかし、これで家名もわかった。このあとすべきことは、すでに決まっていた。私は、好奇心でいっぱいになっている母にお礼を言うと、適当に理由をつけて書斎へ逃げた。そこで、計画を練ろうと思ったのだ。

事の発端は、ある夜会で異様な視線を感じたことだった。自分で言うのも何だが、私ジェレミア・カスタルディは美男子であり、しかも侯爵家の子息という身分を持つため、人に見られるのはいつものことだった。しかし、いざ視線の主を探してみると、これが見つからないのだ。腹が立った私は、友人を巻き込み、意地で探し出した。

その過程で、ある話を盗み聞きするはめになった。しかし、それこそが私にとって衝撃的な出来事になった。頭に花が咲いた状態になった原因である。

彼女は、わたしにとって悲しく腹立たしい、現在まで引きずっていた過去に、光を当ててくれたのだ。

誰かを裏切ってまで得た幸福は幸福などではない。

その言葉に、どれほど救われたことか……。

「もし、彼女が思った通りの人物だったなら、その時は」

つぶやいて、考えたくもなかった未来の光景を思い描いてみる。それは、ひどく楽しくて、大変で、けれど温かい光景となった。

私は愉快な想像に自然と笑みを浮かべながら、ペンを手に取ると、これからどうするべきかまとめるために、机に向かった。

一・侯爵子息、悩む

「何だって？　彼女の正体がわかった？　でも、どうやったんだ」

「あまり褒められた手段ではなかったから、他言しないで欲しいな。実は、君たちが参加していなかった一昨日の夜会で、彼女を見かけたんだ。

その後でどこかへ向かう様子だったから、慎重に追いかけた」

私は訪問してきたブルーノとタチアナに向けて、一昨日の出来事と、その後の経過を説明した。

あれから、私は令嬢のロレーヌという名前。蜜色の髪。社交界に来たばかりの娘であることという情報を頼りに、記憶をたどり、自分なりに推理してみたりしたのだ。

結果、結論はすぐに出た。

さらに確証を得るため、それとなく母に彼女の特徴を訊ねてみると、あっさり答えが返ってきた。

その令嬢の名前はレディ・ロレーヌ・バルクール。隣の領地を所有するバルクール男爵の娘だ。お前も何度か会っているはずだと言われた時は正直仰天《ぎょうてん》した。

とにかくこの結果だけでも伝えようと、巻き込んだふたりを呼んだのである。

ひととおり聞き終えると、ブルーノは意味ありげな笑顔を浮かべる。

「そうだったのか、なるほど、確かに盗み聞きは褒められた手段じゃないね。けどまあ、一撃食らった後の彼女の顔は僕も見てみたかったよ」

「本当ね、すごく悔しいけど、仕方がないから想像して済ませておくわ。それで？　あなたはまだ気が済まないの？」

タチアナに問われ、私は少し唸《うな》った。

じろじろと眺められた不快さは、今ではすっかり消え失せていたのだ。だが、別の理由が出来てしまった。それはすなわち、彼女に興味を持ったということだ。

「そうだな、気が済まないというより、別の方面で興味がわいたんだ」

「へえ、あれほど若い女性を嫌がっていた君が？」

心から面白そうな顔をしたブルーノに、私は渋面《じゅうめん》を向けた。

「私だって女性は好きさ。嫌なのは結婚を押しつけられることだ、彼女たちにとってそれが重要なことは理解しているが、強制されるのは嫌だし、そのために彼女たちがしていることはもっと嫌なんだ。だが、ロレーヌ嬢はどうも、そういった人々とは少し違っていた」

言いながら、私はブルーノの顔がもっと楽しそうになったのを見た。

彼だけではない。タチアナまで顔を輝かせているではないか。

「読めたわよ、つまり、貴方が探していた結婚相手として相応《ふさわ》しいかもしれない令嬢が現れたということなのね？」

「現れたんじゃない、可能性がありそうだということだ」

訂正すると、タチアナは肩をすくめた。それを見てから、今度はブルーノが口を開く。

「可能性がありそうだということは、もっと彼女を知りたいと思った訳か。じゃあ、もしロレーヌ嬢が君の理想に適《かな》ったらどうするつもりだい？」

「もちろん、求婚しようと思っている。だが、それはまだ先の話だ。彼女がもし、私の探していたような女性だったならそうする、しかし、そうではない可能性もあるからな」

「そう。じゃあもし彼女について何かわかったことがあれば報告するわね」

タチアナの言葉に、私は少し戸惑った。こんなくだらないことに巻き込んだだけでも申し訳ないと感じているのに、これ以上は頼めない気がしたのだ。

「それは助かるが、しかし……」

「いいのよ。それにね、貴方の思う通りのひとなら、きっとわたしたちのいい友人になるわ。わたし、あまり女性の友人がいないの……理由はわかっているけど、ちょっとだけ期待させて？」

「そういう訳だ。何、別にたいしたことじゃないさ。誰かとの会話の中で聞いてみたり、それとなく聞き耳を立てたりするだけのことだからね」

そう言われてしまっては断れない。私はタチアナとブルーノに心から感謝した。

「君たちを友人に持てて、私は幸せだよ。ありがとう」

「いいえ、でも、今持っている情報からだと、その方、結構地味らしいわね。どうしてなのかしら？　お母様がレディ・バルクールなら、きっとそれなりに着飾れば見栄えするはずなのに」

「そうだね。兄のクラウディオは母親ゆずりの整った顔立ちだったから、とても良く覚えている。彼と同時に会っているはずだから、僕もタチアナも見たことはあるはずなんだ」

不思議そうに首をひねるブルーノ。彼の言いたいことはわかる。

「そうか、当主のバルクール男爵に似ているのかもしれないぞ。彼は確か、薄い顔で印象に残りにくい人物だったから、きっとそうだ。けど、待てよ。ジェレミア、君の好みはもっと華やかな感じじゃなかったか？　彼女は清楚そうだが、華やかではないだろう」

「……以前は、そうだったな」

私は、ブルーノと知り合うきっかけとなった寄宿学校時代を思い返す。あの頃は子どもで、大人びた色気のある女性に気を引かれた。

だが、その後の様々な経験が私の考えを変えたのだ。

姉や、ダリオや、友人たち。

幸せそうに結婚したあと、不幸そうな顔で浮気にふける人々。

つかの間の幸せに身をひたして、自分の現状を忘れようとしているように私には見えた。心の底から、ああなりたくないという恐怖を感じたものだ。

「だが、今は違うよ。それに、結婚するということは、お互いが家の存続のために義務を負うことになる。私だって人間だ、同志となる女性に対して優しくしたいと思っているさ。だが、こちらがいくら努力しても、それに敬意を払えない女性だけは心からお断りだ」

「確かにね、それには同意するよ。ただ、案外好みというのは後になって効いてくるかもしれないから、いい加減にしない方がいいと僕は言いたかったんだ」

ブルーノの言葉に、私は微かな苛立ちを覚えた。

彼は言外に、レディ・ロレーヌは美人ではないのではないかと言っているのだ。私は嘆息して、観察した際の彼女を思い返す。どれひとつして、今の時点では不快になるものはなかった。

いや、むしろ触れてみたい、声を掛けて、様々な反応を見てみたいと思ったのだ。

「そうだな。その点については全く問題ない。少しの間だったが、こっちからも凝視してやったからな。あまりに醜《みにく》いなら目を反《そ》らしただろうが、彼女は清潔感があって、すらりとした、中々の娘だったよ。絶世の美女でないことは確かだが、綺麗な顔をしていた。着飾らせたら化けそうだ」

「ふぅん、なるほどなるほど。いや、これはとんだお節介だったようだ」

ブルーノは含み笑いをしながら、自分の妻と目を合わせた。タチアナは理解した様子で、目を細めて楽しそうに私を見てくる。

一体何なんだ。何が言いたい？　言いたいことがあるならはっきり言えばいいだろうと思ったが、口にはしなかった。何を言われるのか、一瞬で想像がついたからだ。

内心、馬鹿馬鹿しいと思う。

人の心や考えは、そんなに簡単に変わらないものだと思うからだ。

「それならわたしもじっくり観察してみようかしら。楽しみだわ、……あら嫌だ、もうこんな時間」

「本当だ。ずいぶん長居をしてしまったようだ。じゃあジェレミア、またどこかの舞踏会なり夜会で会おう。何かわかれば書いて送るよ」

「ああ、そうだな、来てくれて嬉しかったよ」

気にするな、と返してブルーノとタチアナは辞して行った。

客間に残された私は、冷めた茶を手に取り、ひと口啜《すす》る。最後に、彼らが言いたかったであろうことをひとり呟いてみた。

「きっと、ブルーノはこう言うだろうな『おいおい、ジェレミア、そんな簡単なこともわからないのか。君は恋をしているのさ、間違いないよ』とな」

私はわざと彼に似せて、穏やかだが面白がっているような口調で言った。

そんなはずはない。

しっかりと顔を見たのはたった一回だけなのだ。人となりも知らない。いや、少しは知っているが。彼女は、あの場の空気を変えさせ、かつ自己主張もきちんとした。

その内容は、場の空気を一変させた手腕よりも、遥かに評価に値する。

裏切ることが辛いと言った彼女の声は、決然としていたから。

そうだ、あれに感動したのだ。だから、褒めたくて仕方がなかっただけだ。

私は自分にそう言い聞かせてから立ち上がり、部屋を出た。

今はとにかく、彼女を知ることだ。手始めに、彼女の周囲にいる人間について知る。それには、何かの集まりに行くのが一番いい。私は寝室へ向かうと、支度をするために使用人を呼びつけた。

二・侯爵子息、ますます悩む

それから、私は町屋敷を出て、賭けごとを行う場所や、カードゲームを行う集まりに積極的に参加した。どこかに、バルクール男爵か、その子息のクラウディオがいないか探るためだ。

他にも、どんな令嬢なのか知るために、使用人や商人に金を渡して彼女についての情報を集める。少しずつ、私の手元に彼女の情報が集まり、書斎でそれらを眺めながら、パズルを解き明かすように人物像を組み立てていく。

当然、舞踏会や晩餐会にも参加しつづけた。

母は喜んだが、レディ・ロレーヌがいない夜は退屈で仕方なかった。ブルーノやタチアナ、政治を語り合える仲間がいればましな夜となるが、それ以外の場合は、群がってくる綺麗な姿をした蝶ならぬ毒蛾から逃れるために、さっさと会場を去る。

時にはバイアーノ男爵未亡人と顔を合わせることもあり、独身の娘たちに混ざって、色香を武器に若い資産家の男を手玉にとっているのを目撃することもあった。

彼女がこちらに視線を送って寄こしているのには気づいていたが、相手にするのは時間の無駄なので、無視することに決めた。

そうして、一週間が経過した。

ある晴れた日の午前。私は書斎の書き物机に散らばった紙を眺めて、嘆息した。それらは私自身が書いたものや、使用人たちに探らせたロレーヌ嬢についての印象や、実際に彼女が行ってきた言動などなどだ。それら全ての共通項。頭痛の種はまさしくそれだった。

もうおわかりのことと思う。

「地味、薄い、目立たないばかりだな、いっそ見事なくらいだ」

もちろん、生きて喋って存在している以上、それ以外の項目もある。紙を手に取りながら私は、五人いたはずなのに四人しか見えなかった怪談や、着飾っているのを見られたら幸運もしくは運が悪い扱いされるなどという話が書かれている。

とんだ珍獣扱いだなと私は思った。普通のレディなら、怒るか落ち込むかどちらかの反応を示すだろう。だが、彼女はあまり気にしている様子がないという。

「神経が太いのかおおらかなのか、むしろそう仕向けているのか。……これでは判断しかねるな」

次に手にした紙には、バルクール家の使用人に金を握らせて聞いた話が書かれていた。

その紙を取り上げて、読んでみる。

「物語が好きで、王都に来ると本を買っています。言動は基本的に穏やかで、従順な性格。面倒事はあまり起こしたことがなく、使用人に当たり散らしたりもしません。

また、ローヌ嬢は記憶持ちだそうです。ですが、特に何かに秀でていたり、記憶によって生活に支障が出るような事態にはなっていません。

集まりは好きらしいですが、特定の男性に入れ込んではいないそうです。ただ、集まりから戻ってくると、ひとりで不気味に笑いながら日記に何か書きつけているそうで、中身が気になるが怖くて盗み見も出来ないのだそうです。……か」

特に減点要素はない。日記の中身は確かに気になるが、誰にだって自分だけの世界は必要だろう。もしかしたら、普段静かなだけに、そういう方法で苛立ちを発散しているのかもしれない。

私は嘆息して、持っていた紙をテーブルに投げると考えごとにふけった。

この一週間、たったの二度しか彼女を見つけられなかった。しかも、二回ともに気がつけば見失ってしまい、凝視出来なかった。何より、向こうがこちらに気づかなかったことに一番腹が立つ。

今夜の舞踏会ではその雪辱を果たしたい、と私は心から思った。

◆

その日の夜。

いつものように夜会服に身を包み、ひとりで貴族の邸宅へ向かう。母は連日の集まりで疲労したとかで、今日と明日はどこへも行かないという。華やかなことが好きなひとなので、王都でのこの季節はいつも精力的にあちこちのパーティに参加するのだが、さすがに年だということか。

そんな風に思いながら、馬車から見慣れた風景を見る。

上流階級が多く暮らす通りは綺麗に整えられており、ぽつり、ぽつりと灯《とも》されている街灯には、小虫が集まっていた。

それを見て思う。

地位と財産を持つ人物に集まる人の群れのようだな、と。

やがて会場へつく。すでに馬車がたくさん待機しており、色とりどりの夜会服に身を包んだ上流階級の人々のさざめきが聞こえてきた。

すぐに馬車を下りると、暗がりから華やかな明るさへと一歩を踏み出す。

ただよう女性の香水の香りと、飾られた花の香りが入り混じり、たばこと酒、食べものの匂いが充満している。いつものように顔見知りに挨拶をしてから、目的を果たそうと目を凝らす。

舞踏室の中央では、楽隊が奏でる音楽に合わせて、男女が楽しく踊っていた。

それに興味はないのだが、何となく立ち止まって見ていると、そこに、彼女がいた。

見知らぬ若い男性と踊っており、いつもの地味さが少しだけ消え、闊達《かったつ》さがうかがえる。表情も生き生きしていて楽しそうだった。それを目にした私の中に、苛立ちが生まれた。

彼女に苛立つ理由など、今のところはないはずだ。

だが、もしあの若い男がすでに彼女に求婚していたらどうする。

まさか、あの地味な中に隠された魅力に気づける男がそうそういる訳がない。

しかし、一度浮かんだ疑念はなかなか晴れない。誰かに聞くのもはばかられ、私はまんじりともせず、ただ彼女を見つめるばかりだった。

しばらくすると、踊り疲れたのか、レディ・ロレーヌはこちら側に戻ってくる。彼も一緒で、戻った先を見れば、似たような髪色の者たちが近くにいるのがわかった。

母親と、兄のクラウディオだ。

私は、そこへ行って彼女に踊りを申しこむべきか迷った。だが、いきなり近づくのもおかしいだろう。何より、接点が全くないのだ。

すると、近くから驚いたような声がした。

「やあ、ジェレミアじゃないか。どうだい？」

ブルーノとタチアナだった。相変わらずお似合いのふたりも、すでに彼女を見つけていたようで、そちらを見ている。

「それが、今夜は向こうが気づいてくれなくてね。いっそのこと、踊りを申し込みに行こうかと思ったくらいなんだが……あまりに唐突過ぎるかなと考えていたんだ」

「そうね。そもそも、ほとんど話もしていないんですものね。でも、なぜ突然そんなことを思ったの？　まずは情報を集めるとか言っていなかった？」

「そうなんだが、さっき若い男と踊っていたのを見て、先を越されたかと心配していたんだ」

私が苛立ち混じりに言うと、ふたりは驚いたように顔を見合わせる。

「じゃあ結論は出たんだな、いつ申し込むんだ」

「いや、まだ結論は出ていない」

「そうなの？　それにしては、ねぇ」

タチアナが困惑したようにブルーノを見る。ブルーノもまた、同じように不思議な顔をしている。

私はふたりがなぜそんな風に戸惑っているのかわからず、訊ねた。

「何が言いたいんだ？　はっきり言ってくれ、私が一体どうしたというんだ」

「え～と、うん。そうだな、はっきり言っていいのなら……君は、彼女に恋してるんじゃないか？」

一瞬、何を言われたのかわからなかった。

いつものおどけた調子で言われていたなら、すぐにわかったはずだ。だが、ブルーノの表情は真剣そのものだった。そのせいか、理解が遅れ、脳内におかしな言葉が浮かぶ。

濃い？　鯉？　それとも故意か。いや、それだと文脈的におかしい。確かに、彼女には結婚相手として相応しくない点は何ひとつなかった。性質も、私が求めていたものと合致する。

だが、それだけだ。

だったはずだ。

「いや、そんな訳がない。大体、話したことすらない相手だぞ？」

「そうね。でも、わたしたちには貴方が嫉妬しているように見えたのよ」

タチアナが放り投げてきた言葉に、私は思わず絶句して、内心叫んだ。

三・侯爵子息、認める

そんなバカな！

だが、否定する材料もまた見つからない。

大体、恋愛感情とはどういうものなのかがまず不明だ。もちろん、私も肉体的な相性については理解している。だが、恋とは何なのか。もし彼女が言うように、私がレディ・ロレーヌに恋したのだとしたら、どの辺りでそう感じたのか。

私は率直に聞いてみることにした。

「どうしてそう思ったんだ？　教えてくれないか、私にも良くわからないんだ」

「え、だって、ひとりの女性が他の男性と踊るのを見て、気に入らないと感じるのって、嫉妬以外考えられないじゃないの。嫉妬するということは、その相手のことが好きだからでしょ、違う?」

その通り。間違っていない。それでも、私はすぐにそれを受けいれることが出来なかった。そのため、結論についてはー旦保留にすることにした。

「なるほど、では少なくとも私は彼女に対して好意を持っているという訳か。それについては疑う余地もないな、私は彼女に対して悪い感情は一切持っていないからね」

「それは何だか違う気もするけれど、まあいいわ。

けど、本当になぜあれほど地味なのかしらね。少しだけ近くで見てみたけれど、彼女、レディ・バルクールの娘さんというだけあって、作りは綺麗なのよ。着飾ればいいのに……不思議だわ」

タチアナが家族と話しているレディ・ロレーヌを見ながら言う。私は大きく頷いた。

「確かに、実は私もそう思っていたんだ。私の知る限り、バルクール男爵家はドレスを新調出来ないほど貧窮してはいないし、男爵や夫人もさほど贅沢を好む方ではないから、お金ではないだろう。もっと別の理由があるとしか思えない」

「そうだね。タチアナがあまり熱心に言うから僕も見てみたけれど、着飾れば一気に社交界の花になれると思うよ。だから、少し考えてみたんだけど、もしかしたら容姿について何かしら言われたことがあるのかもしれない」

ブルーノの言葉に、私は首を傾げた。そんな私に向け、彼は説明した。

「ようするに、子どもの頃に誰かにからかわれたのかもしれない。母親より、父親に似ていることから考えて、地味だの影が薄いだの言われたんじゃないかな。

子どもの頃のことでも、意外と傷として残っている場合もあるし」

「ああ、そういうことか。それは大いにあり得るな」

だとしたら、勿体《もったい》ないことだ。私は心からそう思った。

だが、私はふと気づいた。もし彼女があのままでいれば、私たち以外に彼女がとても愛らしいことに気づく者はそうそういないはずだ。

私の気持ちに結論が出るまで、彼女には独身でいて貰わなくては困る。

彼女が地味なのはかえっていいことかもしれない。

「だろう？　まあ、その辺りのことは家族なり当人に聞くしかないけどね。おや、音楽が変わったな、タチアナ、どうする。もう少し踊るかい？」

「ええ！　この踊りは好きよ」

「じゃあジェレミア、失礼するよ。そうだな、ひとつだけ言っておくよ。レディ・ロレーヌに声を掛ける気があるなら、早めに掛けた方がいい」

なぜそんなことを言うのかわからない、といった顔をした私に、彼は告げた。

「ここ数日見ている範囲では、彼女は帰るのが早い。それだけだよ」

ブルーノはじゃあと言って、タチアナをともなってホールの中央へと進み出て行った。壁際に残された私は、やはり彼らも彼女を観察していたのだなと思って苦笑した。

彼女が、参加した集まりに長居しないことは私も知っている。だが、今日のところは声を掛けるつもりはなかった。遠くから様子を見られればいい。そう思い、いつものように彼女の姿を探す。

途端に、視線が突き刺さるのを感じた。これはレディ・ロレーヌのものではない。若い娘たちの集団だ。私はうんざりしながらも、踊りを申しこんで欲しそうな彼女たちの視線を避けながら、蜜色の髪を探したが、見当たらない。

もしかしたら、すでに帰り支度をしているのだろうか。だとしたら残念だ。

私は嘆息して、帰ろうかと思った。誰とも踊る予定はない。誰と踊っても退屈なだけだ。強《したた》かで妖艶で、美しい淑女も、頭が空になるよう育てられた良家の可愛らしい令嬢も、貴族の地位が目当ての富裕層の娘も願い下げだ。

その本音を漏らしたら、お前は理想が高すぎると言われた。

打算や義務なしに、上流階級の結婚はあり得ない。そこから愛が生まれる場合もあるし、生まれない場合もある。だが、大切なことは、家の存続なのだ、そうたしなめられたことを思い出した。

私は、レディ・ロレーヌがいた辺りを振り返り、彼女もそうなのだろうかと答えの出ない問いを自分に向けてした。

その時、前を行く若い男の集団の中に、先ほど彼女と踊っていた青年を見つけた。身なりの良い、貴族ではないが上流階級の若者らしく、流行も取り入れた上質な服装をしている。顔立ちは甘く、いかにも若い娘が騒ぎそうな感じだ。

彼らは少し酔っていて、気が大きくなっているのか大声で喋っている。こちらにまで聞こえてくるほどだ。私は、彼らの声に眉根を寄せた。

「そういえばお前、珍しく好みじゃない令嬢と踊っていたな。大金持ちなのか？」

「いいや、まあちゃんとした家柄の娘であることは確かだけど、大金持ちではないな」

「じゃあ何で踊ったんだ？　知り合いか？」

派手な服装に身を包んだ、いかにも良家のお坊ちゃんといった出で立ちの青年がしつこく問う。

その近くにいる、どうやら軍属らしい青年たちも興味深そうに耳を傾ける。

問われた青年は、

「頼まれたのさ、僕が狙ってる令嬢の友人なんだが、誰も相手をしてくれないから、一曲だけでも踊ってやってくれないかってね」

と、やや迷惑そうな顔で答えた。

すると、隣の青年が彼の背中を叩いて笑った。

「そうか、そんなことだと思ったよ。でなけりゃ、あんな冴《さ》えない地味な娘とわざわざ踊りたい奴なんかいないだろう。顔も普通だし、体つきも貧相でさ、ついでに頭の方もコレなんだろ」

派手な青年が頭の横で「バカ」という意味を表す仕草をしてみせた。

それを見た若者たちが爆笑する。

これほど誰かを殴りたい、と思ったのは久しぶりのことだった。子ども時代のケンカで逆上して以来のことだった。

脳裏に、裏切るのは辛いと言った彼女の顔が浮かぶ。

あれほど優しいひとをつかまえてバカ呼ばわりするとは、余程目が曇っているのだろう。

もしも、レディ・ロレーヌがきちんとした服装をし、魅力を存分に発揮したら、彼らは今言ったことを後悔するに違いない。

そう思い、私はなぜそうまでして彼女の名誉が汚されたことに腹が立つのだろうと疑問に思った。理由はすぐには思い当たらない。

だが、私には彼女が侮辱されることは耐えがたかった。彼女は、そのように言われてよいひとではない。それだけは確信している。

しかし、どうやって?

まずは友人として近づくのが一番だろう。

ならば、彼女の兄のクラウディオと親しくなるのが最もやりやすそうだ。だが、私は彼がどんな人物かも知らない。

そんな風に考えるうち、青年たちの声が遠ざかって行く。

彼らを視線だけで追う若い娘たち。その中に、レディ・ロレーヌの姿はない。

そのことに安堵していると、蜜色の髪が視界に引っかかった。すぐさまそちらを見やれば、彼女はこちらを見ているではないか。

いつもの、あの輝く瞳で。

胸に、奇妙な高揚感がわく。

彼女は踊っていた青年には目もくれず、私を見ている。称賛するような目で、嬉しそうに。彼女がなぜ私をそれほど見つめるのか、その理由はまだわかっていない。

けれど、私は嬉しかった。彼女にそんな目で見られていることが。

――嫉妬するということは、その相手のことが好きだからでしょう？

タチアナのセリフが、ここへ来てすとんと胸に落ちた。

そうか……と私は苦い思いで認めた。どうやら、私はあの地味な令嬢に心惹かれているらしい。

その考えは、覆《くつがえ》しようのない事実として、私の中に染みついた。

四・侯爵子息、迷う

おそらく、振り払おうとしても無駄だ。

いつ、どこでそう感じるようになったのかはわからない。それでも、彼女にじろじろと見られた仕返しに、こちらもじろじろと見つめた結果がそれだったのだ。

一目ぼれならぬ、百目ぼれだ。

しばらく、私は動かなかった。彼女の視線を受け止め、心を整理する。

認めてしまった今でも、すぐに結論は出せない。感情だけで動いては、失敗する気がした。もちろん、感情のままに彼女に求婚しても問題はない。

男爵家令嬢であるレディ・ロレーヌと私の結婚は、誰の目から見ても妥当だ。

それでも、もう少し様子を見たい。

私は彼女がこちらを見るのをやめるまで待った。彼女が名残惜しげに去ってから、ゆっくりときびすを返し、夜会を後にする。

今日は疲れた。

帰宅し、休んでから色々と決めた方が良い。彼女に近づき、考え方を変えさせたいという思いも、今のところすぐに実現は不可能だ。

私は馬車へと乗り込み、御者《ぎょしゃ》に帰宅を告げた。

◆

翌日。

レディ・ロレーヌの身辺を調べさせていた使用人から、驚くべき報告が上がってきた。

「つまり、彼女こそが『応援する会』の火付け役だと言うのか？　本当に」

「はい。どうやらそのようなのです。彼女の友人が始めたことなのですが、そのきっかけとなったのがレディ・ロレーヌの言葉だったそうで、その発言から推察しますと、バルクール男爵令嬢は相当自分に対して自信のない方のようですね」

述べられた報告に対し、私は戸惑うしかなかった。

自分が抱いている彼女の印象と、今、使用人が言った言葉が符合しない。私の知っている彼女は、真っすぐで堂々としていながら、愛らしい娘だ。

だというのに、そんな彼女は自分に自信がないという。

「そうか、おそらく何か理由があってのことなんだろう。だとしたら、あの装いも振る舞いもそこから来ているに違いないな」

「私にもそのように見受けられます。ジェレミア様からレディ・ロレーヌを調べるよう言われて以来、ずっとそのお姿を見てきました。ご自分に対する価値基準が低いようなのですが、それほど低く扱わなければならないような欠点は見あたりません。もしかしたら、『応援する会』が誕生するきっかけになった発言からもそれは感じられます」

使用人の言葉に釣られて、ジェレミアは手元の紙片を見た。そこには、断片的ではあるが、レディ・ロレーヌが発起人の令嬢に告げた言葉が書かれている。

それに目を走らせ、私は嘆息した。

「だが、それでも結婚相手を探していることに違いはないんだな？」

「はい。まだお若いためか、積極的にという訳ではありませんし、ご自分から声を掛けることはほとんどありませんが、ほとんどの貴族の女性と同じように、生活のために結婚する意志はおありのようです」

「そうか。わかった……ありがとう。また何かあれば報告してくれ」

「はい。それでは失礼いたします」

使用人が下がるのを見届けると、私は短く嘆息した。

ようやく、なぜ彼女があれだけこちらを凝視してきながら、一度も声を掛けてこないのか理解出来た気がする。

よくよく思い返してみれば、彼女が私に向けてくる眼差しから読み取れるものは「憧れ」や「称賛」、「感嘆」などといったものばかりで、そこに下心はない。ようするに、私を単に観賞しているだけなのだ。

先ほどの報告から察するに、私には、自分が値しないと思っているのだろうか?

それはとても不思議なことだった。

何しろ、彼女は家柄も良く、可愛らしい容姿をしている。きちんと着飾り、それなりに社交性を発揮すれば、まだ若いことも手伝って相手にはこと欠かないはずなのである。

常識がない訳でもないのに、自分に対する見方だけがおかしい。

だが、別に男性と話すのが苦手という訳でもないようだった。報告書には、趣味や興味のあう人物には声を掛けていると書かれている。それを見て、私は眉根を寄せた。少なくとも、全く趣味が合わないということもない。いや、むしろ私とは趣味が合いそうなのだ。

しかし、彼女は見るばかりで声は掛けてこない。

「彼女は私の外見にしか興味がないのだろうか?」

それは仕方がないことだ。今までろくに言葉を交わしたことすらないのだ。互いの好みを知る機会すらなかったのである。だというのに、私は自分で自分の言葉に傷ついた。頭を振り、そうではないと思い直す。

全ての原因は、彼女の心の中にあるのだ。

その原因を払拭《ふっしょく》しなければ、こちらに目を向けさせることすらできない。

それだけではなく、もしも、ジェレミア・カスタルディという存在が彼女にとって雲の上の存在なのだとしたら、いきなり近づいたところで警戒されるのが落ちだと思った。

ここはやはり、まず知りあうことから始めてゆっくりと外堀を埋めていくしかないのだろう。

だが、どうやって知りあえばいい？

ここは潔く、タチアナの手を借りるのも良いかもしれない。

つらつらと考えて行くと、興味は彼女の行動の動機に向かう。

なぜ、レディ・ロレーヌはあれほどまでかたくなに地味な装いをし、派手な振る舞いを一切しないのか。私を含めた美男子たちに興味を持ちながら、決して接触してはこないのは、つまり、自分が私に値しないと思うには、絶対に何か理由があるはずなのだ。

それが何なのか。それさえわかればやりようもあるのだが、と考えたところで疲労を感じた。

しばらく唸り、私は考えることを放棄した。

いずれは本人と話す機会も来る。その時に話してみれば良いことではないか。どうやら結婚を考えてはいるが、急いではいないらしいから、焦ることもあるまい。

今日は貴族の若者たちが集う集まりがある。

そろそろ支度を始めなければならなかった。

私は席を立ち、従僕《じゅうぼく》を呼びつけた。

◆

会合のあと、同じ党に属する仲間たちに飲みに誘われたが、私は断り、招待されていた夜会へと向かった。

その際仲間たちに「あの堅物がついに女神を見つけた」だの「ついに愛人との密会を楽しめるようになったか」だのとからかわれたが、適当にあしらった。

それに、あながち的外れでもない。

知れば知るほど、彼女の存在が心の中で大きくなっていく。今の懸案事項はただひとつ。どうやって知りあいになるかだった。

いっそのこと、バルクール男爵夫人あたりが夜会を開いて招待してくれればと考えていたのだが、どうやらすでに開いているらしいことがわかった。

社交の季節が始まってすぐの頃に一、二度、娘のロレーヌのために夜会と晩餐会を開いたと聞いた。だが、それ以降は何もする気がないらしい。

まだ社交界に入りたてで、慣れない娘への気遣いなのか、単に面倒くさいのか、お金がないからなのか、他の理由があるのかはわからないが、残念なことに、私はその夜会や晩餐会には行かなかった。

招待状は来ていたと思う。だが、当初はただ面倒だったのだ。

それを後悔することになるとは、全く思っていなかった。

何はともあれ、向こうが開かないのではその手は使えない。いっそのこと、こちらが招けば良いのだろうが、すでにカスタルディ家でも何度か催しを開いており、母がもうわたしは何も主催しないという宣言を聞いてしまっている。

「……いっそのこと、見かけ次第、率直に声を掛けてみるか」

会場を見渡しながら私は思わずぼやいた。

警戒される危険を冒してでも、彼女と話がしてみたい。欲求は時間を追うごとに強くなっていく。

心は決まっているのだ。だが、話をしてみないことには何も始まらない。私はいつものように、蜜色の髪を探すことから始めることにした。

五・侯爵子息、意思を固める

寄って来る若い娘とその母親から逃げつつ、時にはかわしながら、流れてくる音楽や人の話し声に耳を傾ける。

その間も、視線をあちこちに配ることは怠《おこた》らない。

しかし、なかなか見つからない。

苛立ちが次第に心を閉めて行く。なぜいない。この夜会には来ていないのだろうか。だとしたら、ここにいるのは時間の無駄でしかない。

踊りを申し込んで欲しそうな娘たちの目から逃れるように、私は嘆息した。彼女がいないのなら、ここには用がないのだが、腹が減った。食事をしてから帰ろう。私は空腹を満たすため、食事が用意されている部屋へと向かうことにする。

熱気にあふれた舞踏室を出ると、開け放たれた窓から風が吹き込んでくる。風はやや熱をはらみ、夏が近いことをうかがわせた。

つまり、もうすぐ社交の季節は終わりを告げるということだ。

思えば、今までの中で一番長い滞在だった。

歩きながら、柄にもなくそんな感想を抱く。

廊下には人影はなく、遠くから聞こえてくる喧騒だけが風に混じって漂ってくる。すると、そこに別の声が混じった。

私はふと立ち止まる。その声には聞きおぼえがあった。声がするのは、テラスのようだ。私はそちらへ向かう。

近づくにつれ、声の応酬が激しいことが知れる。

「これ……何人目？　よくも……前で、愛……かと踊れたものね」

「それが……した？　私が私………で好きなことを……何が悪……」

切れ切れに聞こえる内容は、どうやら痴話《ちわ》ゲンカのようだ。上流社会ではおなじみの内容。悲嘆に満ちた女性の声と、面倒そうな男性の声。

別に珍しいことではない。よくあることだ。

だが、苦しげに叫ぶ女性は、ダリオを裏切った女だった。

私は、その場で立ち止まると、ふと考えた。

裏切った者が、結果裏切られているのかと。

立ち退《の》くべきか、しばらく逡巡《しゅんじゅん》していると、男性のひと際大きな怒鳴り声と、何かを叩いたような音がした。次いで、慌ただしい足音がし、こちらに歩いてくる影が見えた。

ずいぶんと洒落《しゃれ》た服装をしたひょろりとした男だ。

確か、親が一代で財をなしたという成りあがりだったろうか。

彼は私に気づくと、きまり悪そうに「失礼」と告げて去った。

その背を見送っていると、今度は別の足音が後ろから聞こえ、振り向く。そこには、頬を押さえた彼女がいた。

名前を呼ぶことすら汚らわしいと思っていた彼女は、乱れた髪を直すこともせず、涙を浮かべて一瞬呆然と私を見てから、皮肉な笑みを浮かべた。

「あら、こんなところで会うなんて奇遇ね。それとも、わざわざ聞きにきたのかしら？　だとしたらさぞ楽しかったでしょうね。

貴方のお望み通り、わたしは今とても悲惨よ……ご満足？」

「そうだな。少なくとも、君の目が間違っていたことだけは証明されたと思う」

そう告げると、彼女はヒステリックな笑い声を上げた。

「ええ、その通りよ。結婚して間もなく気づいたわ。自分で、必死になって見定めたはずのひとが、あんな暴君だったなんて……でも、離婚はしない。

あっちだって、わたしの社交術や身分は必要だもの」

「……そうか。まあ、大概の結婚はそういうものだ。何かと引き換えに何かを得るだけのものだよ」

目の前で、精いっぱい虚勢をはって強がる彼女は、小刻みに震えていた。

悔しさと悲しさで、どうしようもないのだろう。自分でまいた種だとはいえ、その姿は憐みをさそう。

とはいえ、慰《なぐさ》めてやりたいとは思わなかった。

だから、事実だけ述べたのだ。

すると、彼女は自嘲気味に嘆息すると、独り言のように言った。

「そうね、その通りよ。わたしは身分と彼の子どもを、彼はわたしの望む生活を与えあう契約を結んだだけ。でも、わかっていたらこんな結婚はしなかった。少し前、あるひとに言われたわ。自分のための行動であっても、裏切るほうが辛いと……裏切られるのって、苦しいわね。あのひとも、辛かったのかしら」

彼女の変化に、私は目を見張った。

それは間違いなく、レディ・ロレーヌの言葉だった。

「ああ、引きとめてごめんなさい。でも、ひとつだけ言わせて。すぐ忘れてくれていいから……ねえ、感情のまま行動することは悪だと言われているけれど、こんなに後悔するくらいなら、行動しておけば良かったと思っているの。もし、貴方も理性を試される事態になったら、そんなもの忘れた方が賢明だと今では思うわ」

遠くを見つめる彼女の目は、過去を羨《うらや》ましがっているように見えた。そして、

「聞いて下さってありがとう」

と告げると、幽霊のようにするりと歩み去ってしまった。

その場に残された私は、彼女の言葉の意味を考えてみた。

もしかしたら、彼女は誰かに諭《さと》されて今の結婚を選んだのかもしれない。だが、それがなければ、ダリオと結ばれたかったのだと言外に言ったのだ。

そう思うと、わだかまりが解け去っていく気がした。

いつまでも、彼女を許せない自分が情けなく思える。

もう、いいのではないだろうか。

「そうか、そうだな」

そして。彼女が最後に告げたことを噛《か》みしめる。

いつまでも悩んでいないで、行動すべきだ。感情の行く先はわかっている。ためらっていたら機を逃すかもしれない。

私は食事の用意されている部屋へ向けていた足を、再び動かした。

ここにはレディ・ロレーヌはいない。だが、明日、母に頼み込むのだ。最後の催しを開いてもらい、そこに彼女を招待する。

決めた途端、気が楽になった。

私は数人が食事を楽しんでいる部屋へつくと、早速テーブルに用意されたとりどりの食べものを皿にとり、堪能した。

野鳥をこんがり焼いたものや、瑞々《みずみず》しい季節の果物、茹《ゆ》でた赤いエビの身を甘いソースであえたものといった本格的に空腹を満たすためのものから、パンに冷肉を挟んだものや、小ぶりのケーキといった簡単につまめるものまで色々ある。

それらはどこの催しでも見られるほどには豪華だが、とりわけ素晴らしいという訳でもない。だというのに、とても美味《おい》しく感じられた。

食事を終えると、私は階下へ戻った。何とはなしに、舞踏室をもう一度のぞいてみれば、そこでは彼女の夫らしき洒落男と、バイアーノ男爵未亡人が踊っているのが見えた。

どうやら、彼の浮気相手というのは男爵未亡人のことらしい。

ふたりとも、背徳の間柄に酔っているように思えた。それを一瞥《いちべつ》し、私は待たせていた馬車に向かう。

今日はもう遅いが、明日にも母に話をしよう。

そっと目を閉じ、脳裏に蜜色の髪を思い浮かべる。同時に、記憶していた様々な表情までもが思い出される。

あれを間近で見たい。

実際に触れて、踊り、声を掛けて反応を見たい。

自然と、口元が綻《ほころ》んでいることに私は気づいたが、放っておいた。明日が楽しみだ。私は喜びに浸っていた。

だから、忘れていたのだ。

もしかしたら、バルクール家のひとびとは、すでに帰ってしまっているかもしれないということに……。

六・侯爵子息、機会を得る

「何だって？」

「うん、だから……バルクール家の人たちは全員領地に戻ったそうだ。父君は貴族議会に所属しているからまた王都に来られるだろうけど、他の方たちはもう来ないいんじゃないかな」

翌朝。

母が起きるのを待っていた私のもとに、訪問客があった。客はブルーノで、私はいい機会だから彼にも話そうと思って客間へ向かった。

だが、会ってすぐに彼から聞かされたのは、一番聞きたくなかったことだった。

「それは、事実なのか？」

「残念ながらね……タチアナも悔しがっていたよ。それで、どうする？」

「どうする、と言われてもな。何も思いつかない」

大きく嘆息し、ソファの背もたれに深く寄りかかる。

もっと早く、彼女だけでなく、彼女の家族に関わりを持っておくんだったと悔やむが、時すでに遅し、だ。

「そうか……帰ってしまったのか」

「もう少し早く行動を起こすべきだったね。それにしても、何というか、こんな状態の君を見る日が来るとは思わなかったよ」

「こんな状態？」

ブルーノの言いたいことがわからず、私は顔をしかめる。彼は出されたお茶のカップを手に、面白そうな笑みを浮かべている。

「ああ。ひとりの女性にここまで熱をあげている姿だよ。まあ、まだ形振《なりふ》りかまわなくなっていないところが君らしい。僕は必死だったから、傍《はた》から見ればずいぶんと滑稽だったんじゃないかな」

くつくつと楽しげに笑うブルーノ。つまり、今の私は滑稽だと言いたいのだろうか。私は思わず渋面になった。何だか馬鹿にされているような気がする。

「いつかのお返しだよ。タチアナの時は君にさんざんからかわれたんだ。君の身にも同じことが起きたらせいぜいからかい倒すと決めていたのさ」

「そうか、それは悪いことをしたな」

苦笑し、私はさて、と体を起こす。

「とにかく、伝えてくれてありがとう。本当はこの後、母に頼んで彼女たちを招いてもらおうと思っていたんだが、無駄足を踏まずに済んだようだ」

「そうだね。もし開くのなら、侯爵家の屋敷で開いた方がいい。確か、お隣だっただろう？　招くことも出来るんじゃないか？」

「ああ。そうしようと思っている。一旦領地に戻って、何が出来るか考えてみる必要がありそうだ」

そう言いながらも、私はひどく落胆していた。これで当分の間、遠くから見ることすら叶わなくなる。それだけではない、もし会っていない間に、彼女が誰かと婚約したらと考えると、恐ろしさに身がすくむ。

「それがいい。僕もそろそろ戻ろうと思っている。王都は暑いからね」

「そうだな」

それから、当たり障《さわ》りのない話題をいくつか話し、ブルーノは去っていった。私は突然消えた目標の埋め合わせをするように、外出を決めた。

向かう先は、女性の入れないクラブだ。

憂《う》さ晴らしに賭けごとをしてみるのもいいかと思ったのだ。

母はまだ寝ている。

私は使用人を呼び、クラブへと馬車で向かった。

◆

結局、それからの数日間は特に何も思いつかないまま過ぎ、とうとう王都を発つ日がやってきた。

空気には夏の爽《さわ》やかさと、気だるさがにじみ、使用人たちの動きもやや緩慢だ。特にそれを責めるでもなく眺め、馬車に乗り込むと、王都を後にする。

カスタルディ家の荘園屋敷があるのは、王都より北だ。

土地は豊かだが、冬は厳しい。その隣に広がる土地を所有しているのがバルクール家だ。訪ねて行こうと思えばいくらでも可能だった。

かつては親交があったらしいのだが、今はただの知り合いに過ぎない。

それに、隣といってもかなり離れている。カスタルディ家が所有する狩猟目的のための屋敷からならば近いのだが、荘園屋敷からだと三日は必要だ。

何か特別なパーティでも催すのでない限り、気軽に訪ねるという訳にもいかない、微妙で面倒な場所なのである。

私は馬車の中で考えごとをしていた。

母は疲れているのか、対面に掛けてうとうとしている。その顔を見てから、私は嘆息した。

色々と考えてみたものの、手立てが浮かばない。何より、いきなり訪ねて行ったとして、何と言えばいいのだろう。

話を聞いた限りでは、彼女は自分にひどく自信がないのだという。

私をじろじろと穴が開くほど眺めるくせに、声を掛けて来ないのは、そのせいだというのだ。つまり、彼女は自分が私には相応しくないと思っている。

私はつい、ふんと鼻を鳴らした。

勝手に決めないで欲しいものだと思ったのだ。なぜなら、それを判断するのはこの私なのだから。相手の立ち居振る舞いや言動を見て、きちんと判断する。

外見だけが全てではないのだ。

そう思って、私は苦笑する。

ようするに、私は彼女に声を掛けてもらえなかったことが不服なのだ。もし、関わっていてくれたらこんな面倒なことにはならなかった。頼まれれば、隣人のよしみでエスコート役でもなんでも買って出ていた。そうして関わっている間に、その人柄に気づくことも出来たろうに、と考えてしまったからだ。

だが、今さらそれを言っても始まらない。

ならば、出来ることをすべきだ。もしも、彼女と懇意になる機会が巡ってきたなら決して無駄にはするまい。

どんな理由でもいいから何かこじつけて、側に置くのだ。

そうして、少しずつ私という人間を知ってもらえばいい。そうすれば、彼女が抱いている劣等感など覆せるはずだ。少なくとも、その努力はしてみる予定だ。そうやって一緒にいれば、人柄ももっと深く知ることができるだろう。その上で、求婚すればいい。

たとえ何か理由をつけて断られても、私は優良物件なのだ。

将来、侯爵夫人になれる機会を捨てられる娘など、そうはいまい。

私は小さく頷いた。

完璧ではないが、それしか私には出来そうもない。女性の扱いに長《た》けた男なら、もっと気のきいた方法を編み出せるのかもしれない。だが残念なことに、私にはそれが欠けている。

再び小さく嘆息し、私は窓から外を見た。

流れる景色が、建物の密集した都会から田園風景へと変化している。点在する木々や、草を食む牛を見て、ふいに心が穏やかになるのを感じる。

ようやく帰れる。

それだけが救いだった。

◆

機会はなかなか巡ってこなかった。

聞いた話だと、バルクール家の面々はこの夏、避暑地に旅行に出かけてしまったという。しばらくしないと帰ってこない。

がっかりしたのは言うまでもない。

秋は忙しかった。

忙殺されながら、私は隣の領地を眺めるのが日課になってしまっていた。

ただ、少なくともレディ・ロレーヌが誰かと婚約したとか、それらしい男がいるだとかいう話は一切なく、それどころか話に出てくることが全くないのが不安だった。

やがて、機会がようやく巡ってきた。

長い冬、母が退屈に耐えかねて、知り合いを招いてささやかなハウスパーティを開きたいと言ったのだ。

その中に、パルマーラ男爵夫人とその娘の名があった。

だが、重要なのはそれではない。その隣に記された名だ。レディ・ロレーヌ・バルクール。ここしばらく、ずっと見たいと願っていた名前。

――彼女が来る。向こうからやって来る。

気分は勝手に高揚し、その名前がとても素晴らしいものに感じられて来た。驚いた顔のままじっとその名前を見つめていると、母に聞かれた。

「誰か気になる方でもいるの？　それとも、他に呼びたい方がいるのかしら。でも、ちゃんとグリマーニ伯爵と夫人はお招きしているし、貴方が親しい方はもう招待客リストに入っているはずだけれど」

「いえ、ただ、ブルーノとタチアナには少し早く来て欲しいなと」

私はそう答えた。

口元が勝手に緩んでしまい、全神経を注いでこらえる。そうしていなければ、にやにやした気持ち悪い男の完成だ。

頭がおかしくなったと思われるのは嫌だった。

「そうね、話し相手は早く来て欲しいもの。それじゃあ、そう招待状に書いて、彼らのための部屋は早めに用意しましょう。それにしても、楽しみね。わたしたちは一足早くここを発って、サモンリーヴァ館へ向かわなくてはね」

母は招待状リストを心から楽しげに眺めながら言った。私はそうだねと頷いて、ブルーノへの招待状に添える手紙を書くために書斎へ向かった。

書くことは決まっている。

策を練る手伝いをして欲しいと書くのだ。

七・侯爵子息、始める

招待状を送ってすぐ、先々代のカスタルディ侯爵が建てたという狩猟用の屋敷、サモンリーヴァ館へ向かった。

そこはカスタルディ家が所有する場所の中では最も南に位置しており、寒さもやや控えめだ。周囲を豊かな自然に囲まれた館は、赤いレンガを積み上げて造られている。その館は森の中に忽然《こつぜん》と現れるため、別名が魔女の館だ。

本邸よりは小ぢんまりしているものの、部屋数も多く、当時の侯爵家がどれほどの権力と財力を有していたのかが良くわかる。

ブルーノたちは、私たちが到着した翌日にやってきた。

思ったより早い到着に、私はひそかに喜んだ。彼らに事の次第を告げて協力を頼むと、まずタチアナが嬉々《きき》として頷いてくれた。

「確かに、絶好の機会ね。主人《ホスト》としてもてなさなければならないという格好の材料もあることだし、まずは踊りを申し込んでみるといいんじゃないかしら」

「なるほど、それで、女性というのは他にどんなことをすれば喜ぶんだい？」

そう尋ねると、タチアナはじっと自分の夫を眺めて、ちょっと頬を染めながら「ええと」と前置いてから、色々と教えてくれた。

私は逐一メモし、試せることは試してみようと心に刻んだ。

その翌日から、ぱらぱらと客が集まりはじめた。距離の近いひとびとから順に来ている。パルマーラ家は少し離れているため、彼女たちが到着したのはそれから五日後のことだった。

すでに客の数はほぼ呼んだ全員に達しており、舞踏会なども開かれている。

母は嬉々として采配をふるい、招いた夫人たちとのおしゃべりに興じていた。私は狩猟などに参加しつつ、その時を待った。

つまり、レディ・ロレーヌを伴って現れたパルマーラ男爵夫人とその娘、ドロテアが挨拶に来るのをだ。

ほどなくして、彼女たちはやってきた。

私はそつなく楽しんで言って欲しいと告げ、久しぶりにロレーヌ嬢を見た。半年くらいしか経っていないので、あまり変わっているはずはないのに、間近で見るとより美しいと思った。しかし、相変わらず地味すぎる格好は頂けない。

その辺の石ころの方が今の彼女より遥かに洒落ているというのはいくらなんでもおかしいだろう。これも彼女の自分に対する自信のなさのあらわれかと思うと、何としてでも改善したいという欲求がわいてくる。

それにしても、愛らしい顔立ちに輝かんばかりの髪を持ち、体型もすらりとしていて立ち姿も美しいというのに、なぜここまで執拗《しつよう》に飾りを排除したがるのか。

どんな場合でも、決して誰の前にも出ようとせず、影に溶け込むように気配まで消してしまうのには、理由があるはずだ。

――知りたい。

心からそう思った。私はタチアナから受けた指導をもとに、まずはこのパーティの期間中のダンス相手を務めて欲しいと頼むことにした。

理由は、結婚相手を望む娘避け。

最初からあからさまにしては逃げられると言われたからだ。

本音を言えば、そんな回りくどいことは面倒極まりない。しかし、逃げられたら知ることも出来ないと思って、我慢することにした。

私は彼女らと別れてすぐ、周囲の庭を散策し始めた。

これからどう行動すべきか考えたかったのだ。目的はそれだけではない。二人きりで話せるような場所も探し出しておきたかった。

なにしろ、時間はたっぷりあるのだ。

王都のときとは違い、気軽に声を掛ける理由もある。

私はその時が訪れることを願いつつ、庭を歩き回った。

◆

レディ・ロレーヌが庭へ出てきた。それを目撃した私は、今日こそ偶然を装って話が出来ないものかと思いつつ庭へ出た。首尾よく話せれば、見つけて置いた古い四阿に誘う算段だ。そこは常緑の木々に囲まれており、密会にはうってつけの場所なのだ。

タチアナに言われて初めて気づいたのだが、どうやら私はこのささやかなパーティに招かれた若い令嬢たちにとって最大の標的なのだという。

つまり、ロレーヌ嬢と懇意にしているところを見られた場合、ロレーヌ嬢が彼女たちの反感を買うことになるかもしれないと教えてくれたのだ。

そのため、まず人目につかない場所でなければ逃げられる可能性があるという。そして、首尾よく彼女に条件を受け入れさせたら、出来るだけ側に置くことだといわれた。

私はタチアナを相談相手にして心から良かったと思った。

それにしても、偶然を装うのは難しいなとため息をつく。その時だった。前方の小道を夢にまで見たあの姿が歩いているのが見えた。相変わらず地味な出で立ちで、まるで修道女のようだなと思いながらも、せっかくの機会を逃すまいと急いで声を掛ける。

「レディ・ロレーヌ、貴女も散歩ですか?」

「え!　あの、は、はいっ」

笑みを浮かべて声を掛けると、彼女は面白いほどうろたえた。今にも逃げ出してしまいそうだ。それを見た途端、手をつかんでと引き寄せたいという衝動に駆られた。

しかし、ここはこらえなければならない。

「そうですか。運動は大切ですよね。……そうだ、丁度良かった。実は、貴女にお話ししたいことがあるんですが、よろしければ聞いていただけますか?」

「それは構いませんけど」

「良かった。ここではちょっと言いにくいので、あちらへ行きましょう」

真っすぐこちらを見つめる金色の瞳は戸惑っていたが、彼女は「はい」と頷いてついてきてくれた。私はほっとした。そして、ほどなくして四阿に着く。

「あの～、お話っていったい何なんでしょうか?」

「あ、申し訳ない、少し考えをまとめているので、待っていて欲しい」

「……はあ」

困惑したような、ちょっと困ったような顔で首を傾げる。それでも、彼女は私から視線を外さない。じっと見つめられ、妙に居心地が悪い。

寒気に当てられ、なめらかな頰に赤みがさしている。顔に一筋かかった金色の房を目で追えば、唇に行きつく。

ふっくらとした唇は、寒さのせいか少しだけ乾いていた。彼女は気づかず、それを舌で湿らせる。

その瞬間、用意してきたセリフが吹き飛んだ。

次いで浮かんだのは、その魅力的な容姿に対して彼女がしている冒涜《ぼうとく》に対する微かな苛立ちだった。

なぜ、もう少し自分を大事にしてやらないのか。

そのせいか、言い方が少し尊大になってしまった。

「今夜、どうか私とだけ踊って頂きたい！」

すると、彼女はうろたえたような返事をしてきた。

「……あの、それは構いませんけど、またどうしてわたしなのですか。何だか納得がいきません。そもそもあんまり話したこともないですし、容姿は平平凡凡ですし、他にもたくさん綺麗なお花が咲いているのにどうしてまた……??」

やはり、自信がないというのは本当だったらしい。自分も綺麗なお花のひとつだということが全くもってわかっていない。仕方なく私は問うた。

「ええと、それは肯定と受け取っても？」

「ええ、断る理由が皆無ですから。ですけれど、やっぱり不思議です」

「不思議でも何でも良いのなら良かった！　ありがとう、よろしくお願いしますよ」

そう告げると、より頬の赤みが増していく。触れたいと思ったが、今はだめだ。

「う……はい」

どことなく面倒そうな、仕方がないといった雰囲気が漂う。私は今こそ、条件を提示するべき時だと感じた。

常に一緒にいるためには理由が必要だろう。

どんなこじつけでもいい。とにかく側に置くための理由を並べなくては。今まで散々考えてきた言葉たちを言うのだ。

「では、早速私と対等に踊って頂けるようにレッスンを致しましょうか」

「え……？」

少し顔を引きつらせた彼女を見て、私は慌てた。そのせいで、言葉が勝手に舌から音となって滑り出て行ってしまった。

「私と踊るのですから、適当に踊られては困ります。私の品性が下がりかねませんからね。いや、良かったですよ。気位の高そうな令嬢たちではこのようなことは頼めませんからね。ぜひ、この集まりが終わるまでの間、私の相手役を務めて頂きたいと思います。

ああ、謝礼もいたしますよ？

何か宝石でもお送りしましょう、それともドレスが良いでしょうかね。まあ、それは好きに決めて頂いて結構ですよ。

おや、何か変なお顔をされていらっしゃいますね。そうか、肝心なことを言い忘れていました。

では、順を追ってご説明いたします。

私は自分がご令嬢方に良い結婚相手として見られていることは知っています。ですが、正直まだそんな気にはなれないのですよ。そこで、彼女たちには今夜、私が貴女とだけ踊ることで、私の注意が貴女にだけ向いているように見せかけたいのです。

こんなことを頼めるのは、あまり評判のよろしくない令嬢か未亡人の方が向いているとは思うのですが、何しろ、私は主人側《ホスト》の人間ですから、そうした方々とばかり懇意にしていたら色々とまずい訳です。こちらが招いているのに、そんな方ばかり相手にしていたらどう思われることか、すぐおわかりになるでしょう。

ですが、貴女ならば影は薄いですし、目立ちませんし、地味ですし、従順そうですし、話も理解して下さりそうでしたし、出自にも何も問題はありません……と言う理由からお願いした訳です。

あの、もしかしてお嫌でしたでしょうか？」

笑顔で締めくくって、私は自分を絞殺したくなった。

何という言い方だ。いくらあからさまにしては逃げられると言っても、言い過ぎだ。事務的にしようとした結果がこれだ。

やはり、嘘はつくべきではないと痛感した。

やがて、ゆるゆるとロレーヌ嬢の口が開く。

——断られる。

覚悟した私の耳に飛び込んできたのは、意外な言葉だった。

「いえ、引き受けた以上は頑張りマス」

その後で、妙に挑戦的な表情を向けてくる。その瞳が怒りに煌《きら》めくのを見て、綺麗だと思った。

同時に、心から安堵していた。

もうだめかと思ったが、彼女はやはりあのレディ・ロレーヌだった。金色の炎が揺らめく瞳を見ていると、自然と口元が綻ぶ。

とにかく、これで捕まえた。

後はゆっくりと口説き落としていくだけだ。

私は彼女の手をとって、静かに言った。

「ああ、ありがとうございます。面倒な役割を引き受けてくださった代わりに、貴女に楽しんで頂けるよう配慮しますので。

それでは、よろしくお願いしますよ」

「……はい」

控えめな返事だった。

彼女は、自分が引き受けたのが何なのかを知らない。私の目的を知った時、一体どんな風に驚くのだろう。

不安はいつでも胸に留まっている。

私はちゃんと彼女に受け入れてもらえるのだろうか。

向けられる視線からは、反感よりも好意を感じる。そこに、私は彼女に好かれていると自惚《うぬぼ》れても良いだろうか。

どの道、計画は始まったのだ。

後は、彼女と私の根比べだろう。少なくとも、私が諦めることはない。半年待ったのだ。もう少し待っても大して変わりはない。

さあ、始めよう。

《了》

続編　冬の王都で危険な出会い？

一・公爵邸への招待

今更自己紹介もどうかと思うのだが、一応しておこうと思う。わたしはロレーヌ・バルクール。現代日本からこの世界へと転生した、見た目平凡な貴族令嬢である。

本音を言えばこんな地味人間が華やかな世界に生まれて大丈夫なのか、と思わなくもない、性根《しょうね》から庶民のわたしだったが、そこは何とか乗り切り、ついでに華やかな世界ならではの楽しみも見つけた。それこそがイケメン観賞だった。

前世では病弱で、楽しみといえば本を読むことや、アイドルたちの活躍を見ることだったから、自然といえば自然だったのかもしれない。とはいえ、彼らはわたしにとって現実の人間というより、別世界の住人だったので、眺めるだけだったけれども。

そんなわたしも、この世界のこの国で生活していくには結婚しなければならなかった。という訳で、少し前まではその相手を探しつつ、社交界のイケメンを探しては眺め倒し、観劇に行くのを楽しみに生息していた。当面の目標は、少なくとも行き遅れになる前に人柄の良さそうな男性を見つけること——だった。

だった、というのは、つい先頃婚約が成立したからだ。

しかも、驚くべき相手とである。

その相手とはカスタルディ侯爵家嫡男、ジェレミア・カスタルディ。

超ハイスペック美顔の持ち主にして、わたしの目の保養の最たる人物だ。

長いこと眺め倒してきた、これからも眺め倒して人生の肴《さかな》にしようかなと思っていたひとですよ、聞きましたか奥さん。信じられませんわよねぇ。何が起こったんでしょう。とか内心で謎の会話をしたくなるほど今でも信じられない。

正直、今でもあり得ない、夢なんじゃないか、もう死んでいるのかもと何度も夜中に目が開いては、贈られた衣裳を確認して本当だったと確認する毎日。

そんな奇跡がさく裂した集まりは終わり、わたしは数日カスタルディ家の別荘に滞在した後、バルクール邸へと戻ってきた。

季節はまだ春も遠い冬。一応、あの集まりの頃が、日本でのクリスマスに相当する季節なので、今は正月も過ぎたとりわけ寒い頃だ。

このフロースランド王国は日本より寒いので、さすがの遊び好き貴族たちもこの時期はじっとして暖炉の前で春の計画を練ったりしつつ静かに過ごしている。

とはいえ、中にはエネルギッシュな方もいて、領地や王都のお邸で盛大なパーティを催すひともいるにはいるが、数は少ない。

そんな頃、わたしに招待状が届いた。

「何々、アストルガ公爵夫人ってレディ・パオラだわ」

驚きと共に呟いて開封すると、そこには、流麗な筆致でこんなことが書いてあった。

「えーと、ロレーヌ……お元気でしたか、わたしも元気です。実は、弟から相談を受けました。何でも、貴女が弟の妻として如才なく振る舞えるか悩んでいるというではありませんか。日々教養を高め、対話術を学んでいるとか。そこで、わたしもぜひお役に立ちたいと思い、この手紙と共に招待状を送ります。

王都にあるアストルガ公爵邸には、連日貴族や議員の皆さんが訪れては議論し、晩餐会が開かれています。今の季節、ひとの集まる場所は限られていますが、アストルガ邸に滞在すれば色々学べるでしょう。弟にも同じものを送りましたが、他に連れて来たい方がいらしたら教えて下さい。受け入れられる方にはわたしから改めて招待状を送らせて頂きます。

早めのお返事待っております……」

封筒の中をもう一度改めると、カードが出てきてわたしの名前が記されている。それを眺めつつ、ひっくり返してみると別の紙が出てきた。

広げてみると小さい字で、

「来れば公然とジェレミアと過ごせますよ（笑）」

と書いてあった。

――誰だ、パオラに（笑）なんて教えたの。

わたし含めてこの世界に現代日本人転生者がごく稀《まれ》に混ざっているのは知っているが、教えるなよ、そんなの。

などと思いつつも、書いてある内容には確かにぐっと来た。

いくら婚約したとはいえ、結婚していない以上一緒に過ごせる時は限られる。もっと話をしたり、一緒に過ごしたりしたいが、そうはいかないのはこの異世界でも前世でも変わりない。

そんな訳で、少しだけ悩んだ挙句、わたしはこの招待を受けることにした。

◆

雪の積もる王都。

行きかう人もまばらな通りを、馬車に乗って進む。色々と着こんで来ていても、寒さが染みいり、吐く息も白い。手を握りあわせて少しでも寒さを紛らわせそうとしても、無駄に思えるほどだ。

やがて、土が剥《む》き出しの道とは違う振動に、わたしは床に向けていた目をあげた。

途端、対面に坐していた人物と目が合う。その人物とは、当然ジェレミアだ。彼はこちらに気がつくと、愉快そうに目を細めた。

「疲れたのか？　だが多分もう少しだ」

「そ、そうみたいですね」

わたしは笑みを浮かべつつ胸を押さえる。動悸が止まらない。この旅の間中、ずっと見てきたはずなのに、なぜなのか。

理由なんてわかっている。

「もしかしたら、寒いのか？」

「え？」

ほぼ不意打ちに手首に衝撃を感じ、わたしは引っぱられた。そのまま回転するように席を移ると、横から抱きしめられる。その耳元に、低い声がそっと言う。

「ほら、これで少しは寒くないだろう？」

「あ、あの……でも」

「もう少しの我慢だ。屋敷につけば暖かい部屋に一緒にいられるから」

「え、部屋は別なんじゃ……？」

突然放たれた言葉に驚いて、わたしは顔を彼に向ける。すると、とんでもない至近距離に美麗なる顔が迫った。

「そうだろうが、私は君ともっと一緒にいたいんだ。大丈夫、ちゃんと紳士でいるから」

にこにこと笑みを浮かべながら甘い言葉をささやくジェレミアだったが、わたしは騙されなかった。彼が今までに言ったことは大体覚えているからだ。

「信じられません」

わたしはちょっと身を引きつつそう言った。

「ほぅ、どうしてだ？」

すっ、と青い目が細くなる。

ほら、そんな目で見てくる時点で信用なんて出来る訳がない。

「だって、ジェレミア様言ったじゃないですか。婚約するまでは何もしないけど、もしかしたらするかもって……」

「ああ、そうだった。だが、嫌がることはしないと誓う。君に嫌われたくはないから」

穏やかに言われ、わたしはちょっと安心した。

そうだよね、少なくともわたしの知る彼は無理強いとかはしないひとだ。それなら、この息苦しい体勢も伝えれば何とかなるんじゃないかなと思って言う。

「それじゃあ離して下さい。これじゃ狭くて苦しいので」

ジェレミアは笑顔だ。よし、これで心臓に悪い体勢から逃げられる。だって、今にもキス出来そうなほど近いのだ。以前よりはこの美麗顔に耐性がついてきたとはいえ、やっぱり今でも動悸息切れがするのだから仕方がない。

が、そんなわたしの期待を裏切るように、爽やか笑顔で彼は言った。

「断る」

「えぇ？　どうしてですか？」

「寒いから」

そう言って、よりぎゅっと強く抱きしめてくる。

嫌あああ～、死ぬ、このままじゃ悶死《もんし》するっ。不整脈出そう。いっそ気を失えたら楽なのに、ほどほどにタフな精神力が憎い。頭の中が大パニックなんですけどっ。

わたしは絶句し、どうすることも出来ずにただ耐えた。

やがて、ゆっくりと馬車が停まる。その時になって、ジェレミアはようやく解放してくれた。ようやくまともに呼吸の出来たわたしは、完全に色を失い、真っ白になって馬車の扉が開くのを待つ。

――っ、疲れた。

その元凶に目を向ければ、残念そうに笑う。そういう顔をしてもらえるのはすごく嬉しい。嬉しいのだが、ふと思った。

――わたし、早死にしそう。

婚約してからというもの、ジェレミアの態度が想像以上に軟化したのだ。ぱっと見にはそれほど変化はないように見えるが、ふたりきりとなるとからかったり、触れようとしてきたりする。

まあ、恋人同士がすることなんだから当然だと言えば当然だけれど、わたしにとって憧れの存在がいきなり横にいてそんなことをしてくるという状況には中々慣れない。何しろ、生涯の酒の肴にしようとか思っていた人物なのだ。

心に染みついた、それも前世から引き継いできている劣等感はそうそう払拭できるようなものではないのだ。

そんな訳で、嬉しそうなジェレミアとは対照的にぐったりしつつ、わたしは馬車を降りた。そして、感嘆のため息を漏らした。

二・毒舌は健在でした

眼前に、アストルガ公爵邸がその偉容を誇っていた。

基本的に貴族たちの住まいは豪華だ。それぞれが先祖から受け継いだ財を大切にし、かつ自身の代でも得た富を使ってより豪華に改装したりする。

しかも、この屋敷の持ち主は公爵なのだ。

常に国の主の側に侍って仕える役割を与えられる彼らは、土地の限られた王都の中でも極めて大きな敷地を所有している。その敷地に、王宮には劣るもののそれに近い白い巨大な建物が坐している様はただただ驚くばかりだ。

わたしはしばらく建物に見とれ、ふと自身の格好を見てヤベェと思った。

貴族令嬢らしく、ちゃんと昼用のドレス姿なのだが、ジェレミアやパオラと行った仕立屋で作ったものではなく、手持ちのものだ。茶色の縁飾りのついたもので、その上に暖かな毛織の肩かけを着て、頭には黄色いボンネットを被っている。

手持ちの中では上等な方である。ちなみに、少し前に作ってもらった方は、旅の途中で汚れたら嫌だし、到着してから着替えようと思っていた。

一方のジェレミアはいつものようにきちんとした貴族の男性姿だ。

並ぶと見劣りすることはなはだしい。

わたしは後続の馬車から下りてきたドーラを見て、すぐに着替えることを伝えなければ、と思った。そして、ドーラと同じ馬車からもうひとり女性が降りてくる。

いや、少女と言った方が正しいだろう。花柄のやや田舎くさい、野暮ったいドレスに身を包み、寒さに頬を赤らめて目をキラキラと輝かせている。

彼女はドロテアの妹で、ルチアという。

姉と違って本当に美少女で、金髪碧眼《へきがん》のお人形のような少女だ。今回、ドロテアを誘ったところ、その手紙を見てしまったらしく、暇を持て余していたルチアが強引についてきてしまったのである。何しろ、行かせてくれないならアウレリオとの時間を徹底的に邪魔してやると豪語して本当にそうし始めたので、ドロテアに懇願されてしまったのだ。

ごめんなさいロレーヌ、でももう限界なの、助けて、付き添い役のミセス・モレナも行かせるから、と行間から涙の滲《にじ》んだ手紙を送られてはどうしようもない。それに、都会の楽しみに夢中になっていればきっと世話も減るだろう、きっとそうだとも、そう信じるしかないし、断ったら寝覚め悪すぎるし、何より、ジェレミアとふたりきりというのに微妙に耐えられない気がしたわたしは引き受けることにしたのだ。

もちろん別の人物でも良かったことは良かったのだが、新婚ほやほや夫婦（つまりブルーノとタチアナ）はさすがに誘えないし、兄を連れてこようかとも思ったが、あの人は王都が嫌いだ。という訳で、ルチアが同行することになったのである。

彼女もまた、呆けたように公爵邸の偉容に見入っていた。

すると、待ちかねていたかのように玄関ホールからパオラが姿を現した。ジェレミアの姉にしてアストルガ公爵夫人である彼女は、相変わらず凄みのある美貌に満面の笑みを浮かべながらやって来ると、言った。

「ようこそアストルガ邸へ、待ちかねたわ」

両腕を広げて出迎えてくれたパオラに、わたしとジェレミア、そしてルチアは型通りの挨拶を交わかす。その間、ちらちらと視線がわたしに注がれるのがすごくわかる。当然。言いたいこともわかっている。わかっているとも。お願いだから、そんな魔王が獲物を見つけた時のような目で見ないで欲しい。

氷点下に近い寒さだというのに背中に変な汗が出てきた……。思わず視線を明後日《あさって》の方向に飛ばすと、パオラは微かに鼻息をつく。怖い、怖いよー。

「それでこちらが？」

パオラはルチアに視線を移した。わたしは視線を戻してパオラをうかがう。そして、その目が底光りしていることに気づいて頬が引きつった。

「あ、あの、パルマーラ男爵家のルチアですっ。今回は、さほど面識もないわたしまでお招き頂いて、本当にありがとうございますっ！」

心からそう思っているのがまるわかりの声音で言うルチア。そんな彼女を、パオラはじっと見つめ、不意に口端を上げた。それに気づいたジェレミアが眉をひそめる。

「姉さん、何かよからぬことを企《たくら》んでないだろうな？」

「あら、企むだなんて人聞きの悪い。わたしはただ、自分の持つ才能を他者に使わないでいるのはもったいないと思っているだけよ。ねぇ、ロレーヌ？」

「えっ、あ、はい、ソウデストモッ！」

長い睫毛《まつげ》に縁取られた凄みのある双眸《そうぼう》に射抜かれ、わたしは反射的に答えていた。それはまるで、「イエス、マム！」とか叫びそうな勢いだった。

「ようこそルチア、あなたを歓迎するわ。面識なんて関係ないのよ、あったところで邪魔になることも多いものだもの。何より、こんな改造のしがいのあるみすぼらしいレディが二羽も手元に来るなんて……あら、いけない、今のは忘れて？」

にっこり、と笑顔を大盤振る舞いするパオラ。わたしは見なかったことにしたが、ルチアは訳がわからずにきょとんとしている。

ジェレミアは額に手を当てて、呆れた顔をしつつも「まあ、いいか」などと聞き捨てならない呟きを漏らしている。いや、恋人なら助けてよ、と言いたいところだが、彼はそもそも最初からわたしの地味すぎる格好を何としてでも変えようとしてきた実績があるので、かばうどころか推進するはずだ。

逃げ場はない。でも覚悟はしてきた。もう崩壊しそうだけど……。

どの道、パオラとは長い付き合いになるのだ。今からどうすれば精神を保護できるか学んだ方が良いだろう。よし、やるぜ、やってやるぜ。かかって来いやぁ、とまるで戦いに赴《おもむ》くような気合を入れ、わたしは微笑みを浮かべた。

貴族令嬢にとって、微笑みこそ武器である。

「さて、こんなところで長話をしていたら冷えるわ。美味しいお菓子とお茶を用意してあるから、話はそっちへ移ってからにしましょう」

「それもそうですね」

ジェレミアは肩をすくめ、わたしに向かって腕を出す。少しためらったあと、その腕をとって、わたしとジェレミア、ルチアにドーラは公爵邸へと足を踏み入れた。

内部は想像以上だった。

優美な玄関ホールは、白大理石で全てがつくられ、飾られた絵画にも公爵家の歴史がうかがえる。貴族の中でも最も位の高い公爵は、その特権も他とは一線を画す。その権力の象徴である屋敷には惜しみなく金が掛けられているのだ。

そういうところは、この世界の人間も、前世を過ごした世界の人間も変わりない。そんなことを思うにつけ、もしかしたらこの世界を創造した神と、あっちの世界を創造した神は同じなのかもしれない、と考えてしまう。

だとしたら、この世界にわたしが転生したこととも関係あるのだろうか。それに、他にも記憶持ちと呼ばれる転生者がいることにも理由があるのかもしれない。

そんなことを考えながら歩いていると、あちこちに立つ使用人たちに頭を下げられる。

さすがは公爵邸、雇っている使用人の数も半端ないなあと思いつつ彼らを見た。ふと、その中のひとり、見目の良い従僕に、わたしの目は勝手に吸い寄せられる。すると、後ろからルチアがひそめた声で言った。

「ロレーヌお姉様、あの従僕、素敵ね」

「そうね、やっぱり王都で、しかも公爵様のお屋敷なだけあるわ」

答えて、ウフフと笑って横を見ると、ジェレミアの氷点下の目と目が合った。わたしは笑顔が凍り付くのを感じた。彼は顔こそ笑っているが、絶対に不快に感じている。わたしは従僕から目を反らし、おのれを呪った。

繰り返すが、わたしは面食いである。

見目麗《うるわ》しい人物が何より大好物で、それは男女を問わない。男女だけではなく、貴賤も問わない。

貴族に限らず、イケメンに対して勝手にサーチ機能が働いてしまうのだ。良くある食べ歩き番組で匂いに釣られてふらふらとそっちへ行ってしまう演出がある、あれなどと似たようなものである。

しかし、だ。一応わたしはジェレミアの婚約者であり、愛を誓った仲である。しかも、その折にはっきりと言われているのだ。他の男を見たら許さない、と。もちろん、そのようにするつもりは満々だ。

だからといって、長年の習慣がそう簡単に改められるものでもない。そもそも、婚約に至るまでの期間なんて瞬きに等しいくらい短かったのだ。いきなり切り替えられたら凄いと思う。

しかし、そんなこと隣の恋人には関係がない。

わたしは冷や汗をかきつつ、言い訳を考え始めた。

三・懐かしいアレの名前

やがて、ティールームにたどり着くと、それぞれが用意された席に納まった。冬だというのに、南国から輸入された花が花瓶にいけられ、良い香りを放っている。

暖炉には赤々と火が熾《お》こり、部屋全体を暖めていた。その暖炉をはじめ、調度や内装は洗練された趣味で、そういう方向にさっぱり詳しくないわたしでも落ち着くなあと感じたくらいだ。

「さあ、とにかくくつろいでちょうだい。色々な方に紹介するのは明日からでいいでしょうし、まずは買い物にも行きたいわね」

パオラの目が闇夜のフクロウよろしく光った。

わたしの脳裏に、かつて連れていかれた仕立屋での光景が一気によみがえる。また恥をかいて失笑されるんだろうか。

——うう、嫌だなあ。

そう思いながら、わたしはルチアを見た。

彼女は美少女だが、まだ社交界に顔を出せる年齢ではないのと、パルマーラ男爵が雇っている家庭教師の意向からか、ずいぶんと野暮ったい服装をしている。

本人は装いについては無関心なので気にしていないようなのだが、恐らくパオラの餌食《えじき》になれば色々と変わるんだろう。

何よりも、人身御供《イケニエ》がわたしひとりじゃないのは助かる。少なくとも、気を休めることが出来る時間が持てるということだ。

「そうですね、私もついて行って意見を述べたいですし」

「ええ、もちろん。わかっていますとも、貴方の意見も取り入れるわ、買い物には必ず同行してもらいます。せっかく王都に来たのだもの、田舎町では決して手にできないものも作りましょうか」

「それがいいですね」

――相変わらず勝手に話を進めるし……というか、わたしの意見とか最初から無視する気だよね。

いや、わたしが役に立たないのはわかってるけど……。

何とも言えない気分で、テーブルに用意されるお茶とお茶菓子を眺める。さすがは公爵家だ。恐らく菓子を作る専門の職人も、凄まじい腕の持ち主に違いない。

ちょっとしたケーキですら、妙に綺麗で形も凝っている。食べるのが勿体ないくらいだ。

わたしは、目の前の美しすぎる姉弟から目を反らした。

少し前までなら顔面堪能してお茶を美味しく頂けたというのに、向けられる視線ごときで拝めないなんて、なんだか負けた気がする。

何しろ、周りは美顔だらけなのだ。

堪能しなければロレーヌ・バルクールの名が廃《すた》る。

意を決して顔を上げたわたしは、ふと給仕をしている従僕に気が付いた。先ほど、思わず見てしまった青年だった。

顔はジェレミアほど作り物めいた美貌ではないにしろイケメンだ。この国ではそこまで珍しくない赤みのある茶色い髪をしており、やや短めに整えている。

背も高く、均整のとれたしなやかな体を上等のお仕着せに包んでいて、それが良く似合っている。目元にはほくろがあり、明るい笑顔が魅力的だ。瞳は深い青。どことなく怜悧《れいり》な印象を受けるジェレミアのものと対極にあるような、青い炎のような目である。

彼はわたしが見ているのに気付くと、わからない程度にウインクを返してきた。

――いや、あの、……何で？

場合によっては失礼に当たる行為だが、彼がすると異様に様になってしまう。しかし、そんなことをされる覚えはない。もしかすると、彼はイタリア人気質なのかもしれない。

結論が出ると、気持ちが落ち着いた。だが、彼はそんなわたしの落ち着きを完全破壊するかのような爆弾を、近くに来た時わたしの耳元に落としていった。

「……寿司とかラーメンとかカレー、食べたくなりませんか？」

――‼

この異世界に生まれ落ちて十八年とちょっと。

その間に、一度も耳にすることのなかった言葉だった。驚愕《きょうがく》に目を見開いて従僕の青年を見やれば、口元に愉快そうな笑みが浮かんでいる。

どうやら、間違いない。

彼も、転生者なのだ。

しかも、わたしと同じ日本人か、そうでなくともお寿司やラーメンやカレーの存在する時代に生きた人だったはずだ。日本食が外国でも広まっていたことから、外国人の可能性も捨てきれないが、時代はかなり近いと思う。もちろん、確信がある訳ではないけれども。

それでも、彼の口にした三つは、わたしの生きた時代の日本人なら大体の人が好物としているもののはずだった。

頭の中が大混乱に陥ったわたしをよそに、他の使用人たちとともに仕事を終えた彼は、用意が整いましたと告げると部屋を出て行ってしまった。

すると、隣のルチアのため息が聞こえた。

すごく残念そうだ。

わたしが顔を向けると、頬をふくらませてこっちを見る。その様子はさながらハムスターみたいだった。どうやら、あの従僕の意識がわたしにばかり向いていたのがお気に召さなかったらしい。

何だか嫌な予感がするんですけど。身分違いの恋はやめて欲しいんですけど……などと考えていると、横から冷気が漂ってきた。隙間風が吹いたように、すっと体が冷えるのを感じる。それがどこから来ているのかはすぐわかった。

恐らく、ジェレミアはあの従僕の青年がわたしに何かをささやくところを見てしまったのだ。内容まではわからなかったと思うから、勘違いしている可能性が高かった。

こ、これは言い訳を山のように積み上げなくてはと思って焦《あせ》る。しかし、焦れば焦るほどわたしに向けられる冷気が強くなってくるような気がする。これでは、言い訳を聞いてもらえるかどうかも怪しい。どうしたらいいいんだ。

わたしは視線をどこに向けて良いのか混乱し、思わずパオラを見やった。すると、含み笑いが返ってきた。

「ふふ、変わりないわね。ロレーヌは」

「えっ！　あの、違うんです」

「いいのよ、わたしは気にならないもの。でも、ほどほどにしておいた方が良くってよ」

それは痛いほどわかっている。

正直、一番見たい顔が見られない。どんなに謝り倒してもだめな気がする。だが誓って浮気ではない。これは美術鑑賞に近い行為なのだ。と口に出来たらどれほどいいだろう。

そう思って嘆いていると、ジェレミアがため息をついて口を開いた。

「姉さん、使用人の教育はどうなっているんだ？　ああいう輩は放っておくと助長する。早めに別の仕事先を見つけてやったらどうだろう？」

声色こそ穏やかだが、内容はようするにクビにしろと言っている。わたしは青くなった。勘違いであの青年から仕事を奪ってはいけない。

「そうねえ……」

「何なら、私が代わりの使用人を見つけて来よう。もっと、礼儀をわきまえた公爵家にふさわしい人格の持ち主ならいくらでもいる」

「ええ、でも、公爵家の使用人に相応しい容姿の持ち主はそうはいなくてよ。それに、貴方はロレーヌを放っておいて王都中を駆けずり回るつもりかしら？」

パオラが苦笑しつつたしなめるように言うと、ジェレミアも押し黙る。それから、気に入らなそうにわたしを見た。

そんな表情すら魅力的で、わたしは思わず心臓が一回転するような感覚に陥った。これ、あれですかね、嫉妬とかそういう方向の、自分には無縁の中の無縁と思っていた展開ですかね！

ははは、だめだ、嬉しすぎて今日死んでもいいや。

表情だけは真顔のまま、半ば昇天に近い気分になっていると、ジェレミアは忌々しげに言った。

「そんなつもりはありません。ですが、彼女の周りに置く使用人は女性にして下さいますか？」

「いいわよ、それで安心できるならね。でも、力仕事の時は連れていくわよ、嫌なら貴方が側にいて見張っていればいいわ。それほど出歩く用事はないでしょうし」

「ええ、そのつもりですよ」

苦虫を噛み潰したように顔をしかめ、ジェレミアはお茶を啜る。ああ、怒っていても格好いいなあ。綺麗だなあ。まあ、ジェレミアの場合笑顔の方が希少ではあるけれど、怒った顔も好きなので、わたしはしばらく眺めることにした。

これぞ恋人の特典。

わたしにしか出来ないのだ。なんて幸せなのだろう。

「いいなあ、ロレーヌお姉様、愛されてますね」

「えっ、うん」

突然羨ましげにルチアが言う。わたしはどう答えたら良いのか戸惑い、曖昧《あいまい》に笑ってみる。笑顔って便利だ。大抵はごまかせる。

「さて、私は一度部屋の様子を見て来ます」

「あら、まだ来たばかりじゃないの」

「ええ、そうなんですが……」

カップをテーブルに戻したジェレミアは、刺すような目でわたしを見てきた。思わずテーブルの下に顔を隠したくなったが、何とかこらえる。

どうやら、わたしに話があるらしい。

きっと、あの従僕の青年が関係してくるのだろう。

嬉しいような、怖いような不思議な気持ちがした。

四・嬉しすぎる勘違い

微妙にぎこちないわたしとジェレミアの様子に、パオラもどうやら察してくれたようだ。わたしとしては察してくれない方が心臓に良かったのだが、そうとは言えずに手元を見つめて耐える。

やがて、パオラは困ったようなため息をつき、呆れたような笑顔で言った。

「気持ちはわかるけれど、礼儀も大切になさい。でも、今回は見逃してあげるわ……そうでなければ貴方がわたしのところへ来るなんて滅多にないものね」

「姉さんならわかってくれると思っていました」

ジェレミアは笑顔で言うと、返答を待たずにわたしの腕を取った。慌てて立ち上がったわたしは、彼と思いっきり目が合ってしまった。いつもは落ち着いた凪《なぎ》の水面のような目なのに、今は嵐が来ている。

「行こう、ロレーヌ。姉さん、それにルチア嬢、失礼します」

「ジェ、ジェレミア様」

待って、と言おうとしたが、視線で封じられた。

わたしはヘビに睨まれたカエルよろしく大人しくなり、彼にされるがまま、それでも何とかパオラとルチアに声を掛けて部屋をあとにした。

扉の向こうから、ルチアの歓声が聞こえてくる。

「うわあ、凄い、いいなあ。あれですよね、ふたりきりになりたいってことですよね、きっと！」

うあぁぁ、何か羞恥心《しゅうちしん》で灰になれそうなことをもの凄く楽しそうに言ってるよ。後でルチアに会うのが恥ずかしい。

そんなわたしの葛藤《かっとう》などどこ吹く風で、ジェレミアはどんどんと先に進む。公爵邸はわたしには未知の場所なので、彼がどこに向かっているかはさっぱり不明だ。そのために、寝室にと宛がわれた部屋に向かっているかどうかすらわからない。

「あの、ジェレミア様？」

どこに行くつもりなのかと問おうとしたわたしだったが、ジェレミアは突然立ち止まってしまった。どうしたのだろうと思ってさらに声を掛けようとすると、彼は低い声で唐突に言った。

「ジェレミア、だ」

「え？」

「名前のみで呼ぶと約束したのを忘れた訳じゃないだろう？」

わたしは大きく目を見開いて、次いで口に手を当てた。そうだった。忘れていた訳ではないのだが、彼と別れて家族の元へ戻ると、名前のみで呼ぶのが気恥ずかしく、かつまだおこがましいように思えて、呼び方を戻してしまっていたのだ。

「ご、ごめんなさい……、でも、それには理由があって、何だかまだ夢のようで信じられなかったんです」

「なるほど、だが、忘れているのはそれだけか？」

何かを探るような目で見ながら問うてくるジェレミア。何故《なにゆえ》にそのような目で見られなければならないんだろう。わたしがしたことと言えば、うっかり名前に様をつけて呼んでしまったことだ。それ以外だと、従僕の青年を常日頃のくせで眺めてしまったことくらいだろうか。

少し怖いが、とりあえず聞いてみることにする。

「あの、もしかして従僕を見ていたのがいけなかったのでしょうか？」

答えはすぐには返らないが、わたし好みの美麗な顔が若干引きつったような気がする。やっぱりあまり良い気はしなかったのだ。

申し訳ないし、何より誤解されたくなくて口を開く。

「確かに、長年の習慣なので中々すぐに直せなくて、ごめんなさい。でも、絶対に直してみせますから。それとも、他に何か変なことをしていたんでしょうか。だったら教えて下さい。すぐに直しますす、わたしのせいで貴方が変な風に見られるのは嫌ですから」

「いや、それもあるが、他にも理由がある」

力強く断言すると、ジェレミアは困ったような声を出す。

わたし、何か間違ったことを言っただろうか。だとしたらそれも指摘して欲しい。悪いところは自分からは見えないのだ。直したくても、まずはだめな部分について知らないと、どこをどう直したら良いかわからない。

「じゃあ何なんですか？」

「……あの使用人に、何を言われた？」

わたしは驚いて、ジェレミアの目を見つめた。それほど大きく反応したつもりはなかったのだが、どうやら笑顔の仮面がはげかけていたらしい。

彼はどこか怒ったような、それでいて心配そうな様子だ。

ということは、ジェレミアはわたしが変なことを言われて不快な思いをしたと思っているのだろうか。それで、あの時あんな風に怒ったと。

つまり、ジェレミアがあんな態度をとったのは、わたしを心配してくれたからということだ。思わず頬が上気して来て、わたしは両手を顔に当てた。

嬉しいのと恥ずかしいので、わたしの心の容量があふれ返ってしまい、返事がすぐに出来ない。

それをどう取ったのか、ジェレミアは表情を険しくする。

「やはり、何か不埒《ふらち》なことを言われたのだろう？　だが、もう気にすることはない。姉さんに頼んであいつは首にしてもらうから。さあ、言ってくれ……」

「あ、いえ……違うんです。そうじゃなくて」

「君が優しいのは知っているが、あんな輩までかばう必要はない。嫌なことがあったなら、ちゃんと私に言うんだ。君が苦痛を感じているのに、知らなかったら私は自分が恥ずかしい」

ジェレミアは真剣な顔でわたしの肩に手を置いて、語気を強めた。

それを前にして、わたしは未だに有頂天で死にそうになっていた。呼吸困難もいいところだ。水から上げられた魚よろしく口をぱくつかせ、とにかく必死で落ちつけ自分と言い聞かせ、しばらく自分と葛藤した後、心配そうなジェレミアに言った。

「今、凄く嬉しいです」

「何を言っているんだ、それより」

「わかっています。あの、ジェレ……ミアは、わたしが記憶持ちだと知っていますけど、それはどうしてですか？」

逆に問いかけると、彼は訝《いぶか》しげな顔をして首を傾げる。

「それは、貴族の情報は社交界にいると自然と入って来るし、……その、色々あって、君について知りたくて調べたから」

妙に歯切れ悪く言うジェレミア。

何だかわたしが不安になってきたが、ふとあのカスタルディ家の所有する狩猟用の館でのことが思い出された。

最後の告白の時点で、彼は最初から口説き落とすつもりだったと言っていた。つまり、結婚相手として問題ないか素姓を調べたのに違いない。

良くあることだ。

わたしは訳知り顔で頷いた。

本音を言うと知りたいが、あまり知りたくもないような気もする。微妙な気分だ。とりあえず、今は関係ないからその話は置いておこう。

「そうですか、だとしたら、変ですよね」

「何がだ？」

「あの使用人、わたしが記憶持ちだと知っていたんですよ」

告げれば、ジェレミアの顔が驚きに染まる。わたしはさらに続けた。

「さっき、こっそり言われたのは、過去のわたしと同じ国の同じ時代に生きたひとでなければ知りえない情報だったんです。それで、凄くびっくりしてしまって……でも、本当にそうなら何故そんなことを言ったのか話してみたいと思っていました」

特に隠す必要がないし、ジェレミアに勘違いさせておくのも悪いので、わたしはあっさり思っていたことを言った。

すると、彼はわたしの肩から手を離すと、口元にその手を持って行って唸りだす。肩には、大きな手が触れていた感触だけが残った。

――何か、名残惜しいな。

なんとなくそんなことを思っていると、ジェレミアがようやく口を開く。

「何か、嫌な感じだな。あいつはどうやってその情報を得たのか、も気になるが、それよりもどうしてそれを知ろうと思ったのかも気になる」

「ですよね、だから話をしてみようかな、と思っているんです」

「それはだめだ」

ジェレミアはきっぱりと言った。

「危険すぎる。もし聞くのなら、私も同席する」

「でも、それだと向こうも警戒して本当の話をしてくれないかもしれませんよ?」

わたしはただ思ったことを口にしただけだが、ジェレミアはそう取らなかったようで、目が再び氷点下の温度を帯び始めた。

あれ、何かまずいことを言ってしまったような気が激しくする。

わたしは曖昧な笑みを浮かべつつ、冷たい笑顔を浮かべた愛しの婚約者の顔を恐る恐る見た。

五・胸やけ晩餐会

「ローヌ、それだと、まるでふたりきりで会おうとしていたように聞こえるんだが、気のせいかな?」

おかしい、室内なのに寒い。もっと毛織のストールが欲しい。十枚以上重ねたいくらい寒いよ。超高級品で貴族や資産家の証明にもなるような最高の温もりをお約束してくれるはずのストール、しかもすでに一枚纏《まと》っているけども、それでも重ねたくなるほど寒い。

でもとりあえず、氷の貴公子の質問にお答えしないと怖いから律儀に正直にお答えする。

「イイエ、ソノトオリデス」

「君は馬鹿だな、その辺の小虫ですらもう少し警戒心があるぞ」

ああ、久々に刺さるセリフが来ました。まあ、慣れたけれども。その言葉の裏に心配で仕方ないという感情がこっそり黒い布をかぶって潜んでいるのはわかっているから、本気にはしないけれども。でも涙が出そう。

「うぅ、スミマセン、キヲツケマス」

答えると、盛大なため息が吐き出された。

呆れているのか、安堵しているのかは判断がつきかねる。

なぜなら、彼の顔を見るのが怖いから。

「いや、事前にわかって良かった。これで、君を危険にさらさなくて済むからね、だが、確かに君の言う通り、私が行くのはかえって邪魔になりそうだな」

「それなら、わたし諦めます。その方が危険も回避できそうですし」

「いや、向こうがどういうつもりなのか知った方がいいと思う。知らずに何かに巻き込まれることすらあるんだ」

あくまでも真剣に、ジェレミアは何かを考えている。

わたしは彼が結論を出すまで、そうっと顔をうかがった。いい案がないかと悩むジェレミア。何て格好いいんだろう。

わたしは眺めることに意識を向けて考えるのはやめた。だって、考えることは彼の優秀な脳みその方がいいはずだ。何よりも、彼は信頼出来る人物なのである。わたしは、彼のことを信じて動けばいい。なので、今は観賞して網膜に焼き付けることに決める。

やがて、ジェレミアは結論が出たのか、それまで床に向けていた視線をわたしによこした。

「ありきたりだが、君に護衛をつけよう。せめて、この王都にいる間だけでもそうした方がいい」

「え、でも、それなら誰か屈強な従僕にいてもらえば……」

貴族はある例外を除いてお金持ちだ。そのため外出にはボディガートをしてくれる使用人が必要になる。その役目をこなすのが従僕たちだった。

「ああ、しかし、信頼できなければ話にならない。カスタルディ家の荘園屋敷ならうってつけの人材がいるが、彼はあくまであの屋敷の使用人だ。だが、心当たりはある……いや、むしろそちらの方がうってつけか」

ジェレミアは窓の外を見ながら言った。

「ロレーヌ、私がその人物を連れてくるまでは外出しないで欲しい。まあ、こんな天気ではあまり出歩きたくはないだろうが」

「そうですね」

外では雪が舞い、明日には積もりそうだ。

公爵邸の門扉の向こうにある道も、人通りは少ない。こんな日に出かけて風邪を引きたくはない。

前世ほど病弱でないとはいえ、無理しすぎれば誰だって体調を崩すものだ。なんとかは風邪をひかないというが、わたしには当てはまらない。

だから素直に頷いた。

「わかりました、そうします」

答えると、ジェレミアは少し申し訳なさそうな顔をした。

「不自由な思いをすることになるが、君に何かあったら私はどうしたらいいかわからないんだ」

「そんなことないです。そもそも、ここへ来たのはジェレミアの隣に相応しい人間になりたいっていうわたしのわがままのためなんですから、気にしないで下さい」

言いながらも、わたしはまともにジェレミアの顔が見られない。

どうしてこうこの人はそんな舞い上がって降りてこられなくなるようなセリフを当たり前のように言ってしまうのか。以前は演技だと思っていたから流せたけれど、今は事実だと知っているからたちが悪い。

「ありがとう、それじゃあ、図書室に行こうか。公爵邸には広い図書室があって、色々見られるよ。場所を知っていれば、もし私がいなくても、君が退屈しなくて済むだろう」

「そ、そうですね」

何とか笑顔を浮かべると、ジェレミアは嬉しそうに笑った。誤解が解けたようで何よりだが、そんな破壊能力抜群の顔をされたらたまったものじゃない。

恋愛小説のヒロインみたいに、それを真っ向から受け止める勇気が出なかったわたしは、思わず床を見てしまったのだった。

◆

その夜、公爵邸ではささやかな晩餐会が開かれた。

集まっているのは公爵とその夫人であるパオラ、その弟のジェレミアと婚約者のわたしに、いとこのルチアだけだ。本来はもうひとり、付き添い役のミセス・モレナが加わるはずであったのだが、彼女は夜になっても到着しなかった。

ルチアによると、きっとどこかの町で休憩しがてら来るだろうということだ。と言うことは、それまではわたしがなるべくルチアを見ていなくてはならない。

何て面倒な、と心の中でどうしてもっときちんとした人物をつけてくれないのだと思いはしたものの、付き添い役を選ぶのは彼女ではなく男爵かその夫人なのだろう。良く知るパルマーラ男爵夫妻の顔を思い出し、わたしは諦めがついた。

あのふたりならそんな事態もあり得るのである。

そんなルチアはと言えば、例の従僕の姿を探しているらしく、あちこちに視線をさまよわせている。とはいっても、それぞれ役割があるはずなので、食事時にまで現れないだろうと思って勝手に安心していたら、現れた。その瞬間、ルチアの目が輝く。

わたしはそれを見てげんなりした。

一方、水面下で起こっている事態など知る由《よし》もない公爵は、嬉しそうにわたしに話しかけてきた。

「いやあ、お会い出来てとても嬉しいですよ、ロレーヌ嬢。パオラから話を聞いていると何だか親近感が湧いてきましてね」

ははは、とちょっと力ない笑い声を上げる公爵。

彼は三十代半ばの背の高い紳士で、ぱっと見には秀でた容姿をしているようには見えない。けれど、風格や振る舞いが洗練されており、体格も良く威厳があるのだ。

顔立ちも良く見れば整っているが、穏やかさが前面に出ており、淡い茶色の髪と灰緑色の眦《まなじり》の下がった目と相まって、実に優しそうだ。

しかし、ジェレミアが言うには、政治の面では徹底して王家と国の利を第一に考える、頭の切れる人物に変貌するという。

そんな大貴族様の口から飛び出た言葉に、わたしは目を丸くした。一体、この地味の権化のどこに親近感を抱けるというのか。

「貴女も、装うのがあまり得意ではないと聞きました。何でも、前時代の遺物みたいなドレスをお持ちだとか、実は私も妻に会うまではそんな風でしてね」

そういえば、どこかで耳にしたような気がする。パオラが何か言っていた時だ。あの素晴らしき毒舌で絶賛けなされ中だったので、心の痛みをケアするのに必死になっていたから記憶が曖昧なのだが、わたしの夫もどうこうとか言っていた。

「散々に言われましたよ。その時彼女はあまり社交界に出てこないことで有名で、てっきり気の弱い女性だと思っていたのですが、会った時にその装いは相応しくないといきなり言われましてね、でも彼女に一目ぼれした私は、むしろいい機会だとさえ思いましたよ。罵られても、彼女と接することが出来れば幸せでしたから」

食事しながら、公爵は愛おしげにパオラを時折見る。

そんな視線を向けられたパオラも、見られることを喜んでいるらしく、口元には笑みが浮かんでいる。

「トマスったら、あの時はとてもしつこかったわ。どこがどう悪いのか、じっくり教えて欲しいって会うたびに何度も聞くのよ。おかげでダンスも会食も全ての時間を彼と過ごすことになったわ」

「私は君の時間を誰かに盗《と》られたくなかったんだよ。その上、いい助言がもらえるんだから、言うことはないいね」

「困った人」

パオラは楽しそうに笑った。そして、見つめ合うふたり。

うん、もうお腹一杯です、ごちそうさま。

話には聞いていたし、応援する会の関連で公爵様の詩集も持っているし、その内容はとても胸を打つけど、実物を前にしたら何だか胸やけしてきた。

想像を超えてたよ、バカップルだとタチアナが評していたけど、そんなものじゃない。プチ公害レベルだよ。

わたしは目の前の宮廷料理かと見まがうほど豪華な食べ物に視線を移した。

さすがは公爵家、カスタルディ家で出されたものも美味だったけれど、ここの料理人は見た目でも斬新さでも凄いものを出してくれる。堪能しないのはあまりにも惜しい。

こうなるのがわかっていたジェレミアなど、最初から姉夫婦を見ておらず、食事に専念している。

見つめ合うふたりは放っておいて、わたしは彼に倣《なら》って食事をメインにすることに決めた。

六・面倒な予感

ただし、堪能できるのは見つめ合い時間が終了するまでである。わたしはその間にソースがかかった大ぶりのエビを上品にお腹におさめ、さらに肉料理にも手をつける。

——ああ、美味しい。

日頃質素なので、贅沢《ぜいたく》が出来るときに贅沢をしておかないと。でも続いたら冗談ではなく太りそうだ。どこかで運動しないといけないだろうな。

などと下らないことを考えつつ、いそいそと食べまくっていると、見つめ合い時間の終了した公爵がまたお話に戻る。

「そういえば、ロレーヌ嬢はこちらに滞在する間、あちこちに出向かれる予定だとか？」

「はい、今まであまりそういう場に行こうとしていなかったのですが、もう少し社交の場に慣れたいと思って」

何しろ、今まで壁の花の中の壁の花を極めて、人ごみの中なら忍べるほど影の薄い存在であり続けてきたわたしである。もちろんそれはイケメン観賞をするのに好都合だったからだが、大切な人が出来た今となっては、その逆を行く方が好ましい。

目立つ必要はないが、上手な聞き役くらいにはなりたい。

「そうですか、確かに、それはいい」

公爵はジェレミアとわたしを交互に見ながら頷く。

「それにこの後、冬の最大の行事も控えていますからね。ゆっくり見ていかれるといい、いずれは私の義妹となるのですし」

「ええ、そうね。ハビエル祭があるから、それまでは滞在していくといいわ」

「え、でもそんなに長くはご迷惑では」

せいぜい、半月程度の滞在になると思って来たのだが、それだとひと月以上もここに厄介になってしまう。戸惑うわたしに、ジェレミアが声を掛けてきた。

「構わないだろう、何より私と過ごすのだから、外聞が悪い訳でもない。ご家族には手紙で説明すれば済む。せっかくの閣下の申し出でもあるし、何より、私は君とハビエル祭の時期を過ごしたい」

目を細め、どうすると問いかけられるように見られたわたしは、不意を突かれて息が止まった。

何という反則技。今夜は食事に専念すると見せかけて、甘い言葉攻撃は来ないと油断していたらこれだ。

思わず胸に手を当て、動揺を押し隠しつつ答える。

「そ、そうですね。それならそうします。実は王都の大聖堂で行われる祭りは見たことがないので、一度は見てみたかったんです」

必死に淑女らしく笑んでみせる。

よくぞこらえたわたし。

頑張ったわたしの心臓。

今も鼓動が早いけれど、何とか通常運転に戻っているようだ。

それにしても、ジェレミアによる不意打ちの破壊力は半端ない。今後は油断しないようにしよう。

そうしよう。笑顔の裏で、わたしは自分にそう言い聞かせた。

「それは良かった。私も楽しみだ」

ジェレミアはにこやかに答えた。恐らくわたしの動揺など見抜いているに違いない。対抗するすべのないわたしは、せめて目を閉じて呼吸をそっと整える。

ちなみに、ハビエル祭とはこの世界に神の教えを伝えた人物が現れたとされる日を祝うお祭りのことだ。

幼い頃はクリスマスのようなものなのだろうかと思っていたのだが、ある晩餐会にたまたま記憶持ちの牧師が招かれていて、いい機会だったので訊ねたことがあるのだ。彼は、どちらかというとイースターだろうと答えた。それがどういうものかは良く知らないのだが、わたしとしても、時期が春であることや、救世主の降誕祭という訳でもなく、サンタクロースという不思議なおじさんも存在していないため、今では完全に別物だと思っている。

わたしも良くバルクール家の邸近くの教会で開かれる祭りに行ったものだ。その時期だけ特別に作られるご馳走《ちそう》も楽しみのひとつだった。しかし、父が微妙に忙しい時期でもあるため、王都に出かけることはまずなく、最も盛大で華やかだと言われるここでの祭りには訪れたことがなかったのだ。

しかも、ジェレミアと歩けるとなれば、断る理由は全くない。

少しして、呼吸が落ち着いてきた頃、公爵が微笑ましいものでも見るようにわたしとジェレミアを見ながら言った。

「そうだね、若者、それも恋人向きの催しもあるから、君が行きたがるのもわかるよ。私も行きたいのだがパオラに全力で拒否されたよ。あれは悲しかったなぁ～」

言いつつちらり、とパオラを見る公爵だが、彼女はお酒に舌鼓を打っている。あれは気づいていてスルーしているのだ。わたしは公爵がちょっと可哀想になった。

しかし、彼は慣れていると見えて、すぐに気を取り直すと話題を変えた。

「ああ、そうそう、ジェレミアがついているし、行く場所さえ選べば大丈夫だろうと思うんだが、王都も最近少々物騒だから、決して、危険そうな場所には行かないようにね」

「何かあったんですか？」

物騒とは聞き捨てならない。わたしは思わず訊ねた。

あまり褒められた話ではないが、わたしはそれほど新聞を読まない。たまに、暇つぶしに読むくらいだ。書かれている内容が難しいし、政治的なことはほとんどわからない。

それに、領地にいる時には大した事件も起こらないので、知る必要がさほどないこともある。もちろん、知っておいた方がいいことはあるので、たまには読むのだが。

なので、公爵に言われてもすぐにピンと来なかったのだ。

「うん、あちこちでちょっとした爆発事件が相次いでいてね、中には巻き込まれてけがをした者もいる。しかも、相手はどうやら貴族や官僚、軍人といった上流階級を狙っているらしい。庶民には一切被害が出ていないから、間違いはないと思う」

「そのようですね、目的はわかりませんが、警戒するに越したことはないでしょう。今のところご婦人が巻き込まれたことはないようですが、今後犯人がどう出るかはわかりませんからね」

公爵の心配そうな言葉に、ジェレミアが答える。

わたしはそんなことが起きていたのか、と驚いて、同時に少し不安になった。

「大丈夫よ、ロレーヌ。警察も動いているし、上流階級だけが入れる場所は安全だもの」

「はい、早く捕まるといいですね」

そう答え、わたしは頷く。

この国にも警察はいる。とはいっても、まだまだ状況証拠から犯人を割り出すくらいの捜査なので、頼りないことは頼りない。かといって、実感もわかないのが正直なところだ。

前世でも今世でも、事件に巻き込まれたことはないし、そういったことが自分の身に降りかかるところが想像できない。

「そうだね、私もそう願っているよ。さて、暗い話題の後は甘いものに限る。今夜は特別に作らせたものがあるんだよ」

公爵はさらりと話題を変え、使用人を呼んで特別なものを運ばせた。それは色とりどりの美しいお菓子が大きな銀の盆にこれでもかと並べられたものだった。並んだお菓子は一列ごとに違い、その豪勢さと繊細さに、わたしは思わず感嘆のため息を漏らした。

外国の珍しいお菓子も混ざっている。

その中のひとつに、わたしは目を見張った。

――これ、おはぎじゃないの？

小豆《あずき》に似た豆を、茹でて潰して固めたようなルックスのそれを、わたしはついつい凝視した。他の果物の砂糖漬けのようなものの中で浮き上がらないように、小さめに作られてはいるが、どう見てもお彼岸に食べるアレである。

「ああ、それはね、使用人のひとりが故郷の味を再現したいと言って作っていたものを料理人が試しに食べてみたら美味しかったので、加えたんだそうだよ。さあ、何でも好きなものをとってくれ、今夜のデザートは全てこの国以外で生まれたものを集めたんだ。馴染《なじ》みのものもあると思うけれど、そうではないものもあるはずだ」

「そ、そうなんですか、それでは」

わたしは早速そのブツを食べてみることにした。

どうしても、味を確かめたかったからだ。

小ぶりなので一口で入る。

横に葡萄酒のグラスが置かれているのがちぐはぐだなあと思いつつ咀嚼《そしゃく》。

――うん、豆の味が少し違うけどおはぎだ。

それでもうわかっていた。

使用人のひとり、とは恐らく彼だろう。赤茶の髪の、明るい笑顔の彼だ。微妙な気持ちになりつつ、食べ終える。

何だか、どれだけ避けたとしてもここに滞在している間はあの彼と関わりを持たざるをえないような気がしてきた。

――こうなったら、ジェレミアにくっついていられる間はくっついていよう。それにほら、専属の従僕もつけてくれるらしいし。

ようするに、ひとりで会わなければいいのだ。

面倒だなあ、と思いつつもやるべき方向が決まったので、わたしは他のデザートも堪能した。どれも美味しくて、虫歯になりそうだなあと思ったものの、その夜の晩餐は楽しく穏やかに終わったのだった。

七・見た目で人は判断出来ない

翌日の午後。ジェレミアは言った通り、護衛役をしてくれる従僕を連れてくるために外出している。一応、パオラや公爵には話を通してあるそうだ。

どうやらジェレミアの知っている人物らしいので、どんな人だか聞いてみた。返ってきた答えは、「真面目で、繊細な人物だ。きっと気に入ると思う」

だった。

わたしの脳裏には穏やかで優しげな人物像が浮かぶ。例えば、眼鏡とかかけていそうで、面立ちは柔和。背は中くらいで、優しい喋り方をするのだ。

まあ、別に想像を外れてもいいんだけど、そういう感じの人なら、彼の言う通り親しくなれそうかもしれないと思い、わたしは期待しながら待つことにした。

ちなみに、昨夜の晩餐ではしっかり食べ過ぎてしまい、朝は結局飲みものだけで終えた。何しろ、食べたいものが多すぎた。今になってようやくお腹が空いてきたくらいだ。どうせこの後お茶を飲むし、夜までは持つかなぁと思いつつ、昨日ジェレミアと一緒に物色してきた本を手にする。

わたしがいるのは寝室に宛がわれた部屋、ではなく、公爵邸の客間のひとつだ。

時折、公爵と公爵夫人に挨拶に来た紳士淑女が訪れて、わたしを興味深げに見ていく。

最初は正直、椅子の陰に隠れてやり過ごしたくなったが、それではだめだ、ただの不審人物でしかないと気づいてからは椅子から動くことを禁止した。

今日も今日とてドーラは張り切り、全力でわたしをめかし込んでくれているので、見た目的には大丈夫なはずだ。

もちろん、昼間なので夜ほど煌びやかである必要はないから、わたしもちょっと気が楽。

ドーラはといえば、やはり夜こそ腕の振るい時だと叫び、今からドレス選びに余念がない。あの時パオラに連れられて行った店で誂《あつら》えたドレスは、毎日ドーラの手で管理され、出番を待っている。その至福の顔を見ると、今までごめんね、という気分になるのがわたしの側の日課だった。

そんなこんなで、内面では無駄な葛藤をしながらも、わたしは会釈を返しつつ、挨拶に来たひとの顔と名前を覚えることに専念する。

こういう地道な努力がいつか実を結ぶのだ。

政治に関わるジェレミアの妻になるのなら、社交は切っても切れない。今まで嫌だからと避けてきたけれど、彼の評判に傷をつけぬようにせねば、と鼻息も荒く手元の紙に特徴を書く。

「えーと、団子鼻に出っ腹で、似合わないかつらを付けているのがサー・ピルロ。官僚だったっけ？」

本を開いたまま、暗記した名前を挙げてみる。そんなことを何度か繰り返した後、ジェレミアが顔を出した。

「ここにいたのか」

「あ、お帰りなさい」

そう言って立ち上がる。ジェレミアを見ると、自然と笑みが浮かんだ。

こうやって何気なく声を掛けてもらえるだけで、実は結構嬉しかったりするのである。声を掛けてもらうなど夢のまた夢と思っていたのだから、仕方がないだろう。とは言っても、あまり喜びすぎるのもはしたない。わたしはその場にとどまって彼の返答を待った。

すると、彼は不意をつかれたように目を丸くして、口元に手を当てた。目を見ると、何か嬉しいことがあったようなのだが、何も言わないのでわからない。

不思議に思って首を傾げて顔を眺めていると、彼は口に手を当てて咳払いをし、緩んだ顔を引き締めて言った。

「ああ、連れてきたぞ。ランデッガー、彼女がこれから君の主となるバルクール男爵令嬢、ロレーヌだ、挨拶しなさい」

「はい」

柔らかな中温の声がした。

どんな人だろう、と思って顔を上げると、そこにいたのは、背の高い男性だった。オールバックにした黒髪に、切れ長な薄い青色の目の持ち主で、年齢は三十代半ばくらいに思えた。上等のお仕着せに身を包んだ彼の顔立ちは恐ろしく鋭く、まるで猛禽《もうきん》のようですらある。正直、真面目そうだが繊細さは感じられない。

わたしの頭の中にあったイメージとは真逆だった。

――確かに、凄く強そう……だけど、ちょっと怖いんですけど。

「デニス・ランデッガーと申します。現在、カスタルディ家にて従僕を勤めさせていただいておりますが、しばしの間、貴女様の護衛として側に置かせて頂くことになりました。どうかよろしくお願いいたします」

彼が自己紹介を始めたので、わたしは呆然とした顔を引き締めた。ついでに姿勢も直す。彼はその眼光のみで人を殺せそうな視線をわたしに向けて、少し頬を染めた。

「美しい方ですね、ジェレミア様。不肖、デニス・ランデッガー、命を掛けてもお守りいたします」

「ああ、頼む。私の大事な人なんだ。ただし、気に留めて置いて欲しいのは、決して君の力のみで対応出来ない事態は避けることだ。君のことは信用しているし、強さもわかっているが、それでも対応できないことはあるだろう。そういう場には最初から近づかないようにするんだ、いいね？」

「はい、承知しました」

彼は恭《うやうや》しく胸に手を当ててジェレミアに礼をする。

わたしはどう対応したら良いのかわからず、ただ殺し屋みたいな頼もしい容貌の護衛を眺める。

すると、ジェレミアは微笑んで言った。

「では、早速彼女を連れて外出しよう。昨日はどこにも行かなかったし、その方が君も慣れると思うからね」

——え？

「彼女？」

疑問がそのまま口を転げ落ちて外に出る。

ジェレミアは何の違和感もないような様子で、爆弾発言をした。

「ああ、こんな格好をさせているが、彼女は女性だ。いつもはカスタルディ家の所有する町屋敷を両親と一緒に管理してくれている。普段はメイドなんだが、この方がいいと思ってね」

「じゃあ、その髪は……」

「元々こうなのです。今までも何度か男装することがありましたので、普段はかつらをかぶって暮らしております」

礼儀正しく答えた彼、もとい彼女はどこから見ても男性にしか見えない。ちょっと顔の整った殺し屋みたいだ。どことなくハードボイルド小説の主人公のような格好良さがある。

スーツを着せて銃を持たせたら完璧だ。

不意に、どこかのビルの天辺から狙撃を行う光景がなぜかわたしの頭に浮かんだ。当然、狙撃は成功し、誰にも称賛されずにそっと去る背中。それを見守るのは美しき夜の蝶……。

かつて父の読んでいた小説をこっそり読んだ時の記憶がよみがえる。

だというのに、女性、だと……？

しかもいつもはメイドだという。彼女が女性の服をまとっている様子が微塵《みじん》も想像できず、激しい違和感に襲われながらも、淑女らしい笑顔を浮かべ、わたしは挨拶する。

「そ、そう。これからよろしくね、ええと……」

「どうぞ、デニーとお呼び下さい、ロレーヌ様」

そう言うと、彼女は笑ってみせた。

わたしは淑女の仮面である笑顔を浮かべたその裏で、戦慄《せんりつ》していた。

恐らくわたしを安心させようとしてくれているのだ、ということはわかっている。しかし、理解していても彼女の笑みは怖すぎた。

まるで何か企んでいそうな笑みなのだ。にっこり、ではなく、にやり、という感じだ。しかも目が笑っていない。

その上、わたしに配慮しつつも時折窓や後ろの廊下に目配せして警戒を怠《おこた》っていない。なんというプロだ、この世界にもその道のプロフェッショナルがいたのだ。もはや王女様の護衛でもいけそうなくらいだ。

こんな地味令嬢を守るなどプロの無駄遣いな気がする。

「は、はい、ではデニーと……お呼びしますね」

答えつつ、わたしの視線は勝手に彼女の胸の部分に向かう。

だって気になるんだもの、まだ信じられないんだもの、あまりにもハードボイルドな雰囲気醸《かも》し出し過ぎなんだもの。

いけない、淑女がそんなことをしてはだめなのだ。

必死に自制心を総動員して力ずくで目を反らす。

「はい。ロレーヌ様……実は私、貴女様に会うのを楽しみにしていたんです。ジェレミア様から話を聞いて、とても可憐な方だと思いました。趣味も似ているそうなので、後で王都をご案内する際には、お役に立てると思います」

「そ、そうなんですか。趣味……」

ここまでハードボイルドな外見の方と合うような趣味を持ち合わせているかどうか、わたしは疑問しか覚えなかったが、ジェレミアが言うからにはそうなのだろう。

何しろ、彼は時折なぜそれを、と叫びたくなるようなことすら知っているのだから。

そんなわたしの様子に気づいたのか、ジェレミアはそっと教えてくれた。

「ロレーヌ、彼女も本好きだ。カスタルディ家では使用人にも教養があった方が良いという理由で、読み書きを教えているから、読書家も多いんだ」

「わあ、それは素晴らしいですね。そうだ、それなら本屋へ行きましょうよ、王都に来たらどうしても寄ってみたかったので」

「いい考えだ。それじゃあ外出しよう、デニス、用意だ」

「畏《かしこ》まりました」

デニスはジェレミアの命令に礼儀正しく頷き、すぐに出かける準備を始めたのだった。

八・望まなすぎる再会

公爵邸へ来てからの初めての外出。

とはいえ、仮の付き添い役を頼まれているので、ミセス・モレナが来るまではルチアも一緒でなければどこにも行けない。なので、ルチアも一緒に、と思ったのだが、話を聞いて着替えを用意してくれたドーラが、自分が見ているからと仮の付き添い役を買って出てくれた。ジェレミアも大丈夫だろうと請け合ってくれたので、お言葉に甘えることにしたわたしは、ついつい、気持ちが浮き立ってしまう。

通りには昨日積もった雪があるが、通りは雪かきがされているのでそう大変でもない。とはいっても空気は冷たく、鼻が痛いくらいだ。空もどんよりと曇っていて、すぐにまた雪が降り出しそうだったが、そんなことは気にならなかった。

久しぶりの書店なのだ。

行けるのが嬉しいので、つい口元が勝手に綻ぶ。

そんなわたしの様子に気付いたのか、ジェレミアが声を掛けてきた。

「嬉しそうだな」

彼はそれまで氷点下だった眼差しを春の雪解けの温もりを帯びたものに変えてわたしを見ると、言った。そんな目をされると心臓に悪いのだが、そんな感覚も何だかとても嬉しくて、わたしは大きく頷いた。

「はい、書店に行けること自体が久しぶりですし、こうやって一緒にいられるのがやっぱり嬉しいんです」

素直に言うと、ジェレミアは不意を突かれたように黙り、横を向く。

あれ、わたし何か変なことを言っただろうか。よくわからないので、こちらも黙りこむ。

馬車内を妙な沈黙が覆った。黙っているのも何だか気が引けて、わたしは言った。

「それにしても、デニーが女性だなんて驚きました。従僕の姿で入って来るから、男性だとばかり思っていたので」

沈黙が気になっていたのは同じと見えて、ジェレミアは苦笑しつつもすぐに質問に答えてくれた。

「ああ、彼女も以前は気にしていたそうだが、ある時諦《あきら》めたそうだ。使用人としての使命を果たすにはむしろ役立つし、自分の心を活かせる場所ならすでにあるから平気だと言っていた」

心を活かせる場所とは何だろう。

気になるが聞きづらいなと思っていると、察してくれたらしいジェレミアが教えてくれた。

「デニスの言っているのは応援する会のことだ。彼女も誰だか知らないが好みの男性がいるそうだ。まあ、少なくとも私じゃないことは確かだが。何しろ、赤ん坊の時から知っているからな」

「そんな頃からなんですか？」

「ああ、私の信頼する使用人たちだ。彼らは代々カスタルディ家に仕えてくれているんだ。ほとんど家族同然だよ。だからこそ、君に彼女をつけることにしたんだ。何より、強いだけでなく女性だというのがいい」

「はあ、それはまたどうして？」

信頼出来て、腕っ節《ぷし》が強ければ別に男性でも女性でも関係ないのではないだろうか、と思ってわたしは問う。

すると、ジェレミアは肩をすくめて何を当然のことをと言いたげな顔をした。

「君と他の男が親しくしているのを見るのは、たとえそれが使用人でもあまりいい気分はしない」

一瞬、何を言われたか頭が理解出来なかった。

しかし、理解出来てくると、じわじわと混乱してくる。

感情も追いつかない。

忘れていた。

そういえばそうだった。

ジェレミアはこういう人だった。以前は演技だと流せた全てが流せない。なぜなら、これは演技ではないのだ。演技ではないとあの夜思い知らされたのだから。

固まったわたしを追い詰めるかのごとく、ジェレミアはさらに顔を近づけてきて言った。

「言っただろう、私だけを見て欲しいと……」

「い、言いました」

確かに言った。わたしもそうすると返事した。

けれど、そこまで嫌だとは思っても見なかった。まあ、使用人ともなれば他の男性の友人より遥かに接する機会は多いのだが、だからといってジェレミアがそんなことを気にするとは。

「それでも、君は優しいから、きっと彼らを労るだろう。そんな彼らが君を好きになる可能性がないとは言い切れない。もしそうなったら、私はその男に何をするかわからないからな、避けられる事態は最初から避けた方がいいと思わないか？」

「思います」

わたしは頷くだけの人形になった気分で頷いた。

正直、この王都へ来てからジェレミアの様子がおかしいような気がする。ふたりを結びつけたあの館にいた時とは異なり、明らかに余裕がない。

それがなぜなのかわからず、とりあえず彼の言う通りにしようとわたしは決めた。そうすることで、彼が少しでも気楽になれればと思ったのである。

ジェレミアは頷き人形と化したわたしの返答に一応満足したのか、近づけてきた顔を元の位置へ戻す。

わたしは思わずほっとした。

今でもまだ、あの美麗顔が近づいてくると心臓がとんでもないことになるのである。

やがて、ほどなく書店についたと御者が告げ、扉をデニスが開けてくれた。わたしはジェレミアに降ろしてもらい、久々に書店を見た。

紙の臭いが鼻をつく。自然と、顔が綻んだ。新しい紙の匂いをかぐ機会なんて滅多にないのだ。田舎だとどうしても新作が入ってくるのが遅くなる。そのため、父が王都に出かけないだろうかといつも思っていたものだ。

「さあ、行こうか」

「はい」

わたしとジェレミア、その背後につき従うデニスは書店に足を踏み入れた。

早速物色を始める。

もちろん、お目当ては小説である。

新作はないかな、と置かれた本の位置を確認するため、ざっと店全体を眺めた時、わたしは気づいた。書店の中に、どこかで見たような男性がいることに。

さらに悪いことに、その男性は海軍将校の服をまとっており、遠目からでもイケメンなオーラを放っているのが良くわかった。本当に姿の良いひとというのは、立っているだけでも様になってしまうものなのだ。

強く認識するにつれ、顔が勝手に引きつる。

心の中では、他人のそら似だ、気にするな、気のせいだ、海軍将校など何人いると思ってるんだ、頭おかしいのか、と自分に言い聞かせるものの、あの背格好はどう見てもヤツだとしか思えない。

動きがカクカクし出したわたしの様子がおかしいのに、ジェレミアもデニスもすぐに気づく。

「ロレーヌ、どうしたんだ。何かあったのか?」

声を掛けるジェレミアの背後で、デニスが鋭い目線を周囲に向けている。わたしは、どう言ったものか迷った。

だが、それがあだになったようだ。

向こうが先にこちらに気付いてしまった。

——ああ、こっちに来る。

その足音で、さすがのジェレミアも気づいたようだ。一瞬で険しい表情になり、わたしを背後にかくまうようにして立つ。その横で、いつでも主人たちの不測の事態に動けるようデニスが備える。

「やあ、奇遇だね。こんなところで会うとは思わなかった」

「そうだな、むしろどこであったとしても会いたくはなかったが」

ジェレミアが凍りつきそうな声音で応じると、相手は肩をすくめてみせてから、わたしに視線を

移した。

やはり、格好いいひとだと思う。

兄の方が優美ではあるけれど、こちらは兄にはない勇壮さがあり、体格も少しばかり良い。何より、穏やかな目をしていた兄とは違い、獲物を求める狩人《ハンター》のような荒々しさが恐ろしいほどの魅力を放っているのである。日に焼けた肌も、魅力を損なうどころか逆に彼を精悍《せいかん》に見せていた。逆にそちらの方が好きなひとにはたまらないのではないかと思う。

わたしはガン見しつつも、警戒しながら小声で挨拶した。

「ごきげんよう、カルデラーラ中佐」

そう、そこにいたのは、ごくわずか前に、わたしに醜聞を起こさせようとしてくれた海軍将校、エミーリオ・カルデラーラだったのだ。彼は甘い笑顔を浮かべつつ、目だけ鋭いままで言った。

「あれ、俺の階級知ってるんだ。じゃあ兄さんが教えたのかな。ほら、少し前の戦争でね、出世したんだよ。ちゃんと自分の力でね」

「そ、それは凄いですねー」

果てしなく棒読みでわたしは答えた。

確かに、彼の階級は兄であるアウレリオ・カルデラーラ子爵から聞いたのだが、特に意味があって聞いたというより、ドロテアに付き合っていたらたまたま耳にしただけのことだ。

エミーリオはそんな怯えた子ウサギ状態のわたしを楽しそうに見つめる。ジェレミアに見られるのとは別の意味で心臓に悪い。それはもちろん、あの時の怖さが蘇《よみがえ》るからだった。

「そんなことより、海に帰らないのか？　水兵がいつまで陸地をうろついている」

低い声がより剣呑さを増す。

後ろに隠れたわたしが怖いんですけど。そんなジェレミアも素敵だなあと思いつつ、美形だからか凄い迫力があって、より怖い。しかも気を紛らわそうとして後ろを見ると、もっと怖い人相の方と目が合っちゃった。デニスは大丈夫だと頷いてくれたが、彼女の緊迫した顔が怖すぎて慰めになってくれない。

ぶっちゃけ、この状況は地味な平凡令嬢にはちょっと苦しいものがある気がするんですけど。

ついでに言えば、精神が絹ごし豆腐なので、竜虎の睨みあいみたいなのは早めに終わらせてほしい。そんなわたしの精神葛藤などさて置いて、エミーリオはジェレミアの侮辱に反応もせず、座った目で飄々《ひょうひょう》と答えた。

九・書店での攻防

「我々にだって休みは必要ですよ？　何しろ、海の上にいる時は常に命がけで陛下と国民を守っているんですからね。こうして陸にあがらなければ、まともな食事にもありつけないし、ゆっくりと休むことさえ出来ないんですから」

「そうか、確かにそうだな。ただし、私たちには関わるな。私たちは今、アストルガ公爵家に滞在している。客分の私たちに何かあれば、公爵はお前を放置してはおかないだろう」

それを聞いたエミーリオは、一瞬顔から笑みを消した。

しかし、すぐにいつもの胡散臭《うさんくさ》い激甘笑顔に戻ると、少し困ったような顔をした。

「嫌だなあ、俺に一体何が出来るって言うんです？　前回は貴女の崇拝者にそそのかされただけですよ。その時だって、たまたま退屈していたから乗っただけで、でも、王都で退屈することなんて出来ませんよ。ですから、ご心配は無用でしょう」

「……悪いが、信用出来ない」

ジェレミアは冷たく答えた。

エミーリオは、また微かに肩をすくめただけで、それには答えようとせずに、言った。

「俺はここに本を買いに来ただけです」

それから、わたしを見た。目が合うと、思わず小さく震えてしまう。その結果、向けられたエミーリオの目に浮かぶ暗さと、微かな熱をもう一度見ることになった。それで、彼が全く変わっていないことが良くわかった。彼はわたしが自分を見ていることに気づくと、小さく笑った。

「王都を楽しんで。それじゃあ、また」

エミーリオはそう簡潔に言うと、本を買って店を出て行った。

ジェレミアは彼が店から出ていくまで動かなかった。デニスは、すぐに店の外に出ると、少しして戻って来た。

「行ったか？」

「はい。姿が消えるまで見ておりましたので、もうこちらに戻ることはないでしょう」

「そうか……」

呟くと、ジェレミアは大きく嘆息してわたしに振り向くと問う。

「ロレーヌ、平気か？」

「はい、大丈夫です。ありがとうございます……」

実は若干疲れていたりするのだが、それは別にエミーリオのせいだけではない。雰囲気に呑まれていたのだ。

「戻ろうか、もう少し外出しようかと思っていたのだが、休みたいだろう？」

問われて、別にそこまで疲労はしていないんだけど、と思いつつ、わたしはジェレミアを見た。

彼はどこか気遣わしげで、本気で心配してくれているようだ。

これが前世であったら、素直に言うことを聞くことになっただろうが、今のわたしはこの程度で強い疲労を感じはしない。だから、彼が気にしているのは、わたしの気持ちの方なのではないだろうか、と考えてから、言った。

「わたしは大丈夫です、でも、外を歩きたい気分じゃなくなってしまいました。ですから、本だけ買って帰って、一緒に読みませんか？」

今回、王都へ来た目的は交流をすることだけではない。

ジェレミアと一緒にいられる時間が欲しかったのだ。どうせそんな気分ではなくなってしまったのなら、それも有効活用すればいい、そう思ったのだが……。

ジェレミアはすぐに返事をくれない。

ただ、目に嬉しさのようなものがにじんでいるので、きっと嫌だとは言わないと思った。

期待して待つ。そして――彼が口を開こうとした瞬間。

「それは良いお考えです、ロレーヌ様！　それでは、どれをお取り致しましょう？　私のおすすめはですね、これです！」

突然、デニスが棚から何かの小説らしき本を引っ張り出して手渡してきた。わたしは反射的にそれを受け取り、題名を見て顔を引きつらせる。

それはなんと……コテコテの乙女小説だった。

「……、と……『ときめきの薔薇園～秘密の指輪～』ですか」

「はい！　今、王都で女性たちに一番人気の恋愛小説家の作品なんですよ。ジェレミア様にお話をうかがってから、ずっと考えてきたのです。一体どれを紹介したら、ロレーヌ様はお喜びになるだろうって」

それまでのハードボイルドが一転、目を輝かせた彼女は普通の女性に見える。どういうことだ、目に呪いでもかけられたのだろうか、それとも今まで呪いにかかっていてそれが解けたのだろうか。

しかし、残念ながら、この世界でも今まで呪いなど見たこともない。

ただ、「幽霊が出た！」とか「幽霊見たヤツがぽっくり逝《い》った！」とかいう話は意外とごろごろ転がっているので、ないとも言い切れなかったりするのだが。

そんなことを思いながら、ぱらぱらとページをめくる。

ざっと読んでみると、いわゆるお姫様と騎士が出てくる身分違いの恋愛ものらしい。その設定にふと、デニスは一体どっちに感情移入するのだろうと考えた。すぐに騎士の方かなと思ったのだが、お姫様だとしたらと想像して、それ以上はやめることにした。

「そ、そうなの……読んでみるわね、ありがとう。それじゃあ、わたしも好きなもの探そうかなー」

「……確か、ガルボだったな」

とてつもなく不機嫌そうな声が、わたしの好きな作家の名をあげた。先ほどのデニスの邪魔で、怖くて顔を見られなかったのだが、恐る恐る見てみる。

案の定、氷点下にまで下がった目と目が合った。

「は、はい、そうです」

その作家はマイナーな外国人作家だった。そのため、王都の書店に来なければまず手に入らない。有名で人気のある作家のものなら、バルクール領の町でも手に入る。

少し前、わたしはジェレミアにそうこぼしたことがあった。そのたった一度の言葉を、覚えていてくれたらしい。

何だか、胸の辺りがこそばゆくて、嬉しくて、言葉がうまく出て来ない。

ジェレミアはそんなわたしをよそに、ガルボの本を手にすると渡してくれた。

「あ、ありがとうございます」

「他にも幾つか買って行こう。それから、ふたりきりで一緒に読むことにしよう」

ふたりきりのところをやや強めに言うと、ジェレミアは顔を反らした。まだ不機嫌そうではあるが、怒ってはいないようだ。少し照れくさそうな態度についつい笑みが浮かぶ。本二冊を胸に抱え、わたしは思わず満面の笑顔で頷いた。

「はい、ぜひ」

十・ルチアの行方

それから書店で何冊かみつくろい、荷物はデニスに持ってもらって、わたしたちは公爵家の邸宅に戻った。まだ時間はある。今日は特に何かの集まりに顔を出すつもりはなかったからだ。

「どこか、ちょっとした客間に行こうか。デニス、お前はこの邸の使用人に部屋と茶の用意をするように言って来い」

「畏まりました」

デニスは言いつけられるとすぐに綺麗なお辞儀をして立ち去る。

本屋を出てすぐ、彼女は普通の女性からプロフェッショナルに変身してしまった。あまりのギャップに、わたしは何だか頭痛がしたが、そのうちに慣れるだろうと言い聞かせ、目の前の超常現象を無視した。

ゆっくりと歩きながら、わたしは改めて公爵邸の中を眺める。美術館にでも来たように感じるほど、素晴らしいものが絶妙の配置と配色で並んでいる。

これらを揃《そろ》えたのは恐らく代々のアストルガ公爵なのだろう。そして、こういった形で飾ったのは公爵夫人だろうか。それとも別の誰かなのだろうか、とジェレミアの腕につかまりながら、ぼんやりとあちこちに視線を巡らせて、とりとめもないことを考えていると、前方に人の姿が見えた。

それは、どう見てもルチアだった。

しかも、何やら飾ってある壺に身を隠して、誰かを眺めているふうである。

そのルチアから少し離れた場所にいるのは、ドーラともうひとり、ルチアの小間使いだ。

わたしは思わずルチアの視線の先にいるのは誰だろうと目を向けて後悔した。今からでも、見なかったことに出来ないだろうかと思ったものの、振り返ったドーラとばっちり目が合ってしまった時点で諦めた。

何やらものすごく話したそうな顔でこちらを見てくるドーラに、小さく嘆息して、わたしは隣のジェレミアに声を掛けようとしたが、彼の方が先に口を開いた。

「あそこにいるのは君のいとこと小間使いたちのようだが？」

「見間違いだと思いたいんですけど、そうみたいです」

「一体何をしているんだ？　いとこの方はどうやら使用人の様子を見ているようだが……？」

そう、ルチアは現在廊下で燭台などの手入れをしている使用人をガン見していたのだ。しかも、わたしの予想が間違っていなければ、あれは例の従僕だった。

あの赤い髪や背格好から漂うイケメンオーラはそうそう間違えることのできるものではない。

「そうなんですよね～、あ、ドーラがこっちに来る」

なかなか側に寄ろうとしないわたしに、しびれを切らしたのか、ドーラはやりとげたような顔で歩み寄って来た。

「ロレーヌ様、お帰りなさいませ。お言いつけどおりルチア様から目を離さずにいました」

一応、私が付き添い係を頼まれている以上、ルチアから目を離す訳にはいかない。けれども、少しの間だけなら、と思い、仮のお目付け役をドーラに頼んでおいたのである。

わたしは恐る恐る訊ねた。

「ええと、何もなかったの？」

「はい、ルチア様はひたすらあの従僕を追いかけて眺め倒しては、時には声を掛けられて赤くなり、もじもじしつつも、ご令嬢としてちゃんとふさわしい振る舞いをなさっていましたよ」

ちょっと待った、どこにも令嬢らしさが感じられないんですけど。しかも、何だかヤバイ感じがしたんですけど。

口元を引きつらせつつ、わたしはドーラから視線をルチアに移して、思わず小さく呻いた。あのとろけたような瞳、薔薇色に染まった頬。うっすらと開いた唇から吐き出されるため息はうっとりとしている。

こ、これは間違いない……。

「ええと、とりあえずお目付け役はもういいから、戻っていてくれる？」

「はい、わかりました。それでは、今宵《こよい》も素敵に装って頂くためのドレス選びに戻りますねっ」

ドーラはぺこり、と頭を下げて小走りに廊下を駆ける。その後ろ姿に、別にどこにも行かないのだからそんなに頑張らないで欲しいと願ったが、すぐに無理だろうなと半ばあきらめの気持ちになった。

それに、ジェレミアと行動を共にするならその方が良いようなのだ。わたしは着飾りさえすればとても見栄えはするものの、そうでなければやや童顔な地味顔なのである。

そのため、ハイスペックイケメンであるジェレミアの横にいる場合、素顔で着飾らないままだと霞んで消えてしまうほど存在感がない。

彼が、今もって女性に囲まれるのを好んでいないことはわかっているので、目立つ姿で虫よけになった方が役に立つ。

そんな訳で、地味なまま通すのは諦めることにした。

もちろん、心の中では色々なことに怯えているが。

「楽しみだな」

ぼそり、と横から声が掛かる。わたしは思わず目を反らす。そのセリフに「楽しみにしていてね」とか「期待してくれていいわよ」と返すなどという真似は到底出来ない相談だ。

何しろ、未だに自分に自信はない。

だからこそ、少しでも向上したくて公爵邸へ来ることにしたのだから。

どう返事したら良いかわからなくなり、困ったわたしは視線をルチアと後ろでおろおろしている小間使いの方へと向けた。小間使いは、こちらとルチアを交互に見て助けを求めている様子だ。

とにかく、あちらを何とかしなくてはならない。

使用人の立場では、主に強くものを言えないのだ。わたしはとりあえず声を掛けた。

「ルチア、そこで何をしているの？」

すると、ルチアは緩慢《かんまん》な動作でこちらを振り返り、ようやくわたしたちがいることに気づいたように目を何度か瞬かせた。わたしは心の中でなんてこったと叫んだ。そこにいたのは、まさに夢見る少女そのものだったのだ。

服装こそ地味なものの、ルチアはわたしと違って美少女がだだ漏れている。そこへ来て、そんな表情をされたらどういう光景が展開されるか、考えてみて欲しい。

周囲には花が散り、何かがキラキラと輝くという謎の効果が脳内に巻き起こり、美少女以外目に入らなくなった上、ひとによるが、気持ちが大きく揺さぶられるという現象が起こるのである。

ルチアはそんな光景がうっかり浮かんでしまうような、憂いに満ちた様子で、やっとわたしに気づいたように言った。

「あ、ロレーヌお姉様。お戻りになったのね」

「そうよ、それより、こんなところで何をしているの。体が冷えるから部屋へ戻りましょうよ」

「でも……」

名残惜しげにあの従僕を見やるルチア。しかし、わたしはとにかく気づかなかったフリで言った。

「困ったわ、あなたを置いて戻る訳にはいかないし、一緒に行きましょう。それに、夜の用意もあるからもう部屋に戻った方がいいし、あなたも小間使いを困らせたくないでしょ？　そうだ、この後一緒にお茶を頂きましょう、今用意させているから」

「……そう、ですね」

渋々、といった風情でルチアは頷いた。

いかにも行きたくなどない、と表情は告げていたが、足取り重く立ち上がると、わたしの近くへやってくる。それを確認すると、わたしはひとつため息をついた。

十一・心臓に辛い夜

それから、わたしは少し申し訳ない気分でジェレミアを見た。この後の時間をふたりで過ごす、という約束が果たせなくなってしまったからだ。

だが、あれを放置することは出来そうもない。ちゃんと任務をミセス・モレナに引き継ぐまでは、ルチアのことはわたしに責任があるのだ。

「あの、ごめんなさい」

「いや、構わない。それに、ちゃんと君と過ごすことは出来るのだから、私はいいんだ。何より、いとこや友達を思う君の優しさが好きなんだ」

わたしは固まった。

突然、爆弾が投下されましたよ。どう対応したら良いんでしょう。ここで「ありがとう、わたしも貴方の○○なところが好きよ」とでも返せれば完璧なのだが、やっぱりそこまでのレベルには達していないわたしは、小声で言った。

「あ、ありがとうございます」

「いいよ、さあ行こうか。デニスも戻ってきた」

顔を上げるとデニスがこちらに歩いて来るのが見えた。どうやら支度が整ったらしい。わたしは身が縮む思いで、ルチアを見た。彼女は、とても羨ましそうな顔をしてわたしを見ると、言った。

「行きましょうか、ロレーヌお姉様」

押し殺したような声が、わたしの心に残って響いた。

◆

それからのお茶の時間や、晩餐の間も、ルチアは元気がなかった。わたしはどうしたら良いかわからず、心の中でミセス・モレナに早く来て欲しいと念じた。

というか、どうして付き添い役が付き添って来ないのだろう。理由があるならちゃんと連絡が欲しい。しかし、来ないものは来ないのだから、わたしが何とかするより他はない。

しかし、どうしたら良いのだろうか？

何より、相手は使用人……完全に身分違いの恋である。気軽に応援し、仲を取り持つなんてもってのほかだ。かといって、わたしに諦めるよう説得など出来ようはずもない。

ぐるぐる考えて頭が痛くなってきた。

わたしは、先の見えない考えごとは後回しにすることにした。後で、色々なひとにこっそり相談したほうが良かろうと判断したのである。逃避と言うなかれ、これはわたしひとりでどうにか出来る範囲を超えているのだ。

まずは今夜手紙を書こう。書く相手はおばとドロテア、余裕があったら母にも書くつもりだ。よし、これで誰かからは良いアドバイスが貰えるだろう。もちろん、ジェレミアやパオラにも相談してみるつもりだ。そう決めて、わたしは晩餐に集中することにした。

今夜の晩餐には名士が何人か招かれている。

パオラは学びたいと言ったわたしのために、色々と考えてくれているようだ。何とか期待にこたえたいので、知らない紳士淑女の話にも参加を試みる。

話題はハビエル祭についてだったり、この夏どこへ出かけたかだったり、誰それの邸宅の改装が素晴らしいだの、逆にろくでもないだのと多岐《たき》に渡ったが、わたしはなんとかついていく。知らないことについてはジェレミアも助けてくれたので、何とか乗り切ってデザートに辿り着いた頃にはかなり疲れていた。今まで目立たないように、目立たないようにとしてきたから、社交慣れしておらず、疲れてしまう。

仕方ない、相談は明日にして今日は早く休もう……そう思って甘いものに舌鼓をうっていると、隣の席についていたルチアが立ち上がった。

「ルチア？　どうしたの？」

「あの、とても申し訳ないのですが、具合が悪いので先に部屋へ戻ります」

ルチアは本当に具合悪そうな顔で、パオラに答えた。

「そう、お大事にね」

「ありがとう、では失礼します」

軽く会釈して、その場の一同に挨拶すると、ルチアは静かに場を後にした。わたしは、すぐにも後を追いたかったが、それだと礼を失するので何とかこらえた。

残った紳士淑女たちは、何かあったのかしらと話し始めたが、それに加わる気は起きず、食事を最後まで終えると、ゲームの誘いも断って食堂を後にする。

すると、案の定ジェレミアがついてきた。

「いとこのところへ行くのか？」

わたしは立ち止まって、ちゃんと向き合ってから頷いた。

「はい。様子がおかしかったですし……その、今日は色々とご迷惑をおかけしました」

こんなはずじゃなかったのに、という思いからうなだれてしまう。

今日はわたしにとってもかなり不本意な一日だった。運が悪いとしか言いようがない。

「いや、気にしなくていい。大体、迷惑ならそう言う。まあ、本音を言えば君とふたりきりでここへ来たかったが」

どこか苦笑気味に言うジェレミア。

わたしはその少し残念そうな顔に、思わず胸を押さえた。今までの突然驚かされた時のようなどっきりに近かったものとは違う感覚に、ものすごく戸惑う。

少し目の下の辺りが熱くなり、ついうつむいてしまうが、何とか言葉をひねり出す。

「わたしも、そうしたかったです」

「そうか、良かった。必ずまた時間を作ろう」

「はい」

必ずまた。その響きが嬉しくて、声が少し震えた。気づかれてないといいな、と思いつつ、何とか顔をあげると、ジェレミアは言った。

「部屋まで送ろう」

わたしは素直に頷いて、その手を取った。それからはさほど会話もなく、あっさりと部屋にはついた。わたしは扉を開けようと取っ手に手を伸ばす、すると、ジェレミアが思い出したように言った。

「ああ、そうだった、私は明日用事がある。本当は君の側を離れたくはないんだが、仕方がない……義務は義務だ。だから、明日はデニスを常につけておく。もしどこかへ出かけたくなったら、必ず彼女を伴うんだ、いいね？」

「わかりました、約束します」

言いつけはちゃんと守る。そんな気合を込めて返事をすると、ジェレミアは手を伸ばしてきた。何だろう、と思って眺めていると、手袋に包まれた大きな手が首筋に触れ、そっと抱き寄せられた。

そして、頬に柔らかい感触が掠《かす》った。

わたしは目を大きく見開いて、離れて行くジェレミアの顔を凝視する。

「……それじゃあ、おやすみ」

とどめに彼は微笑むと、ここからそう離れていない部屋へと姿を消した。扉の前に残されたわたしは、またしても硬直してしまった。

それから少しして、わたしは床にくずおれる。

——と、突然過ぎて心臓に悪いんですけど。

わたしはなかなか治まらない動悸に呻きつつ、内心叫んだ。

——ただの挨拶だから、おやすみの挨拶だからっ！

しかし、結局動悸が治まるのにはしばらくの時間がかかってしまい、わたしは彼の威力に完膚なきまでにとどめをさされた気分で、ようよう部屋の扉を開けたのだった。

十二・ルチアの告白

部屋に戻ったわたしは、落ちつけ落ちつけと繰り返し自分に言い聞かせた。ここしばらくはルチアのことに気を取られていたので油断していたから余計に心臓に悪い。

以前なら「挨拶」だから、と流せたが、今はそうはいかない。やはり、美形の破壊力は半端ないなと心の底からしみじみ過ぎるほどに実感してしまった。

うん、まだあの美形が将来わたしの旦那様になるとか信じられない。

自分に自信のないことには自信があるので、ああやって触れられてもやっぱり、夢を見ているようにしか思えないのだ。

まあ、そのうち何とかなるだろう、何とかなるさ、……何とかなるかな？

不安になったり気楽になったり、忙しく表情を変えつつ、とにかくやるべきことをやらなければと決めて、ドーラに手伝ってもらいながら夜着に着替えると、ルチアの部屋へと向かう。ノックすると、すぐに扉が開いた。

真っ先に視界に飛び込んできたのは、困った様子の小間使いだった。

「ロレーヌ様、いらして下さったんですね。あぁ、良かった、わたし、どうしたら良いのかわからなくて」

彼女は弱り切った様子で、机に向かう主を見た。そうだろうなあ、と思いつつ、つられて見やれば彼女の主、ルチアは書き物机で手紙を書いている。どうやらかなり集中している様子で、わたしが来たことに気づいていない。わたしは首を傾げた。

小間使いは「少々お待ち下さい」と告げると、ルチアにわたしの来訪を告げた。だが、なかなかこちらに気づかない。何度も声を掛けてようやくわたしが来ていることに気づいたようだ。

「ロレーヌお姉様……？」

どこかぼんやりした表情でルチアはわたしを振り返る。

「ルチア、大丈夫？　すごく顔色が悪いから心配で来ちゃったんだけど」

そう言うと、ルチアはぱっと椅子から立ち上がり、わたしの近くまで凄い勢いでやって来ると、目をうるませて言った。

「良かった。実はお姉様に相談しようと思っていたけれど、何だか行きにくくて……」

ほうっ、と息を吐く姿に、わたしはうっかりよろめきかけた。

美少女オーラがまぶしい、まぶしいよ。なんという美少女オーラだ。うぶな若い男性がいたら完全に恋に落ち、それなりに年齢の行った男性は守ってあげたくなるだろう。それほどまでに、ルチアの今の弱り切った姿は衝撃だった。

だが、いつもなら良いものが見られた、と思うのに、今夜に限ってはなぜか別の感想が浮かんできた。

――ジェレミアが見なくて良かった。

ふいに思ったことに、わたしは別の方向から驚いた。そんなことを思うなんて、ありえないと思っていたのだ。

――いやいや、今はそんなこと考えてる時じゃないし！

自分の思いから強引に気を反らし、わたしは話しあぐねているルチアを見た。この感じはドロテアの時と似ているので、恐らく間違いはないだろう。

面倒なことになったなあ、と思いつつ、わたしは声を掛けた。

「ルチア、相談って？」

「え、ええ……あの、ほら、昨日の昼間に言っていた従僕のことなの。今日、すごく退屈だったからレディ・アストルガに許可をもらって、公爵邸の中を散策していたのだけど」

「それで……？」

ルチアは最初こそ言いにくそうにしていたものの、ちゃんと聞いてもらえているとわかってくると、後はどんどんと言葉が飛び出してきた。

時折内容が飛ぶものの、それはこういうことだった。

昼間、ミセス・モレナもいないので勝手に外出も出来ずに暇を持て余していたルチアは、パオラに許可をとって公爵邸をうろうろしていた。そこへ、ちょうどあの従僕が現れたので、捕まえて案内を頼んだらしい。彼は、快く引き受け、絵画の飾られた廊下へ案内し、公爵家の歴史が刻まれた様々なものの説明をしてくれたそうだ。

その知識の凄さに感心し、空腹を感じたりしたらすぐにお茶の準備をしてくれたり、寒いと思ったらすぐに防寒具を持ってきてくれたり、と使用人として優秀な働きを見せまくったらしい。

途中、執事がやってきて彼に仕事を命じるまで、ずっとそうしてくれたのだそうだ。それでも、離れがたくて、仕事ぶりを見たいからとついて回っていたらしい。

まあ、わからなくはない。

「凄いのよ、どんな無礼な客人にも対応して……寒さもものともせずに走り回っているの。それを見ているうちに、何だかドキドキしてきて、すごく苦しいの」

「そ、そう……」

これは重症だ。本気で頭痛がしてきた。

「わたし、どうしたらいいのかしら？　ねえ、お姉様、これってもしかして恋しているのかしら」

何かキラキラしたものが飛び交う眼差しで見られ、わたしは返答に窮した。この場合、考えられる返事はいくつかある。

一つめは、その通りよと答えて応援する。

二つめは、違うわ、きっと風邪を引いたのよと言ってごまかす。

三つめは、その通りだと認めた後で、身分違いだから叶うことはないと説得する。

さて、どれを選ぶべきか。

どれを選んでも、ルチアにとっては悲しいことにしかならない。

わたしは思わずドロテアのことを思い出した。彼女もまた、放蕩者と呼ばれていた男性に恋してしまい、そのせいでゴタゴタしたのだ。最終的には勘違いだとわかったから良いものの、何で姉妹揃ってそういう相手に恋するのだろう。いや、姉妹だからか……。

わたしはルチアを見て心の中で呻いた。

将来社交界に出れば崇拝者が列をなし、即日で応援する会が作られるであろう美少女令嬢。その彼女が今恋しちゃっているのは、よりによって使用人だ。

まあ、結婚自体は可能なのだが、貴族として生きてきた人間がいきなり庶民の暮らしができるかというと、これまた疑問だ。今までにもそういう例はあったらしいのだが、成功例は聞かないとか。

「ロレーヌお姉様？」

黙りこくったわたしに、ルチアは不思議そうに声を掛ける。そんな仕草すら恐ろしき愛らしさだ。

わたしに、彼女を傷つけることなんて出来そうもなかった。

十三・従僕の素顔

「そ、そうね。でもそういう症状は恋だけじゃないから、もう少し様子を見てみましょうか。何かあったらわたしに言って、少なくとも明日はどこにも行かないし。あ、もしかしたら悪い風邪かもしれないから、その時はちゃんと治さないと。じゃないと、楽しみにしていた劇場に連れていけなくなっちゃうでしょ？」

ね、と言うと、ルチアは納得したようなしていないような顔をしたが、心から楽しみにしていた「劇場」の一言に頷いてくれた。

「そうね、わかった。じゃあ今日は手紙だけ書いて眠る。心配してくれてありがとう、ロレーヌお姉様」

「いいの、気にしないで。それじゃあ、ちゃんと休んでね」

「はい、おやすみなさい」

ルチアは微笑んで頷くと、書き物机に引き返す。わたしは小間使いに様子を見ていて何かあったら言ってと告げて部屋を後にした。

後ろで扉が閉まる音を聞き、わたしは思わずその場にうずくまった。ルチアを守るためとはいえ、嘘をついてしまった。苦し紛れだったから、やぶ医者みたいなセリフだったし。

――おのれ、名前知らんけど従僕め。ついでにまだ来ないミセス・モレナめ。

心の中で恨み言をぼやき、わたしは考えた。

とにかく、これはわたしだけでどうにかなる問題ではない。戻ったらおばとドロテアにすぐに手紙を出して、それから例の従僕に話をつけ、ミセス・モレナが来たら経過を説明する。以上だ。

やるべきことは決まった。いや、むしろそれ以上は何も出来ない。

「よし、やるか」

わたしは気合を入れて立ち上がると、手紙にことの詳細を綴るために部屋へと素早く戻って、ほぼ般若《はんにゃ》の形相（あくまでもわたしの脳内イメージ）で手紙を書き上げると、睡眠状態に移行したのだった。

◆

翌朝。

ジェレミアは出かけた。

ミセス・モレナはまだ来ない。

しかも、最悪なことにパオラは外出したという。公爵閣下はお仕事だそうだ。と言うことは、今日のところはわたしだけで何とかしなければならないということになる。

もし本当にひとりだったら完全に心が折れていたことだろうが、ひとり心強い味方がいる。デニスである。

昨夜気合を入れ、ヤツに話をつけるぞ、と決めはしたものの、実際問題、かなりどうしようと思っていたのだ。だが、朝、デニスの顔を見た瞬間になんとかなりそうな気がしてきた。彼女を付けてくれたジェレミアに深く感謝しつつ、わたしは行動に移ることにした。

「とりあえず、誰かいないかな」

わたしはデニスを引きつれて廊下を行く。

誰でもいいから使用人を見つけて、ヤツの居場所を聞き出さないと話にならない。すると、デニスが言った。

「あ、あそこにいるのは執事ですね」

「本当だ。すみませ～ん」

わたしが声を掛けると、執事は少し驚いたような顔をしたものの、すぐにやって来てくれた。

「何でございましょうか」

目の前で慇懃《いんぎん》に礼をした執事に、わたしはどう言うべきか迷った。何しろ、名前を知らないのである。すると、少し後ろにいたデニスが代わりに言った。

「ロレーヌ様は従僕のパオロに用があるそうです。彼は今どこにいます？」

「パオロ、ですか。彼には昨日の仕事の続きを命じてありますが、呼んでまいりましょうか？」

「そうして下さい。わたしとロレーヌ様はそこの客間におります」

「かしこまりました。それでは、しばらくお待ちを」

執事はまた華麗に礼をして、去って行った。自ら出向こうとしていたわたしは、口をはさめず立ちつくす。

しかし、デニスはいつの間にヤツの名前を調べたのだろう。そんなわたしを見て、デニスがにやり、と笑った。

「敵の情報を調べておくことは、護衛業務において必要不可欠ですので。何かお知りになりたいことがあるようでしたら、どうぞ遠慮なくお訊ね下さい。もしわからないことがあるようなら、必ずや調べ上げてみせますので。では、客間に行きましょう。暖炉の支度を致します」

「は、い」

唐突に並べられた物騒な言葉と、何か企んでいそうな笑顔に、わたしはやっぱり何も言えず、素直に頷いたのだった。

◆

少しして、部屋が少し暖まった頃、扉がノックされる。

「お連れしました」

「どうぞ」

声と共に扉が開き、あのイケメン従僕――デニス情報だと、パオロ・ヒュブナーというそうだ――が入って来た。整った立ち姿はやはりつい見惚れるほど美しい。

「失礼いたします。私に用とは何でございましょうか?」

笑んでもいないのに笑っているように見える青い目がこちらを向いた。わたしは、ついいつもの癖でその顔を眺めてしまい、慌てて唇を引き結んだ。

「少し、話があるのです。よろしければ、彼とわたしたちだけにして下さい」

「はい」

執事は一瞬胡乱《うろん》げにパオロを見てから退室していく。彼の足音が聞こえなくなると、わたしは何から切りだそうと考えた。聞きたいことは色々あるが、まずはルチアのことを片づけなければと思って口を開く。

「まさか、君の方から呼んでくれるなんて思わなかったな」

「……は？」

突然気安い口調で話しかけられ、わたしは口を開けたまま驚く。

貴族社会に生まれて以来、こんな風に声を掛けてくるのは兄ただひとりだけだった。

「貴様、身分をわきまえろ」

デニスがすぐさまパオロに近寄り、至近距離から睨みつけて低い声で脅す。しかし、パオロは動じずに、涼しい顔だ。

「俺たちの暮らしていた国にはそんなものはないよ。まあ、嫌だと言うなら改めるけど……？」

パオロが軽い調子で言った言葉を聞いて、浮かんでいた可能性が確信に変わる。

「まだ言うのか、相手を誰だと……」

「デニー、いいの。やっぱりそうだったのね」

額に手を当て、思わず嘆息する。

もし、彼がかつてわたしと同じ現代日本で暮らしていたなら、確かに身分なんてものはない。そちらの話から始める気はなかったが、こうなったら仕方がない。

わたしは真っすぐにパオロを見た。

「やっぱり、とはどういうことです？」

デニスはまだ納得していない様子だ。

きちんと説明しないと、話が出来そうもない。

わたしはパオロを見据えながらデニスに告げた。

「……彼も、わたしと同じ記憶持ちで、しかもかつて暮らしていた国と時代が同じなのよ」

十四・記憶持ちたち

「な、何ですって。そんなことが……」

わたしの言葉に、デニスは驚きの声をあげる。そんな様子に、さもありなんとばかりに頷きながらパオロが言う。

「あるんだな、これが。俺も最初は驚いたけど、まさかそんな人間がこの国にいるだなんて思ってもみなかったから、嬉しかったよ」

言葉通り、パオロは嬉しそうだ。

実際、わたしも彼の言葉だけでは信じられなかったと思う。だが、あのおはぎを食べ、確信した。

あれがなければ今でも疑っていただろう。けれど――。

「けど、どうしてわたしが『そう』だってわかったの？」

問うと、パオロはにこにこしながら答える。

「簡単さ。『応援する会』だよ……あの会の理念って、まんまアイドルのファンクラブだろ？　それか親衛隊とか？　そんなことを始められるヤツなんて『記憶持ち』以外いる訳がないと思ったんだ」

「で、でも、わからないじゃない。そういうことを思いつく人が本当にいたかもしれないし」

「まあね、だから調べた」

「し、調べたってそんな簡単に」

デニスといい、パオロといい、どうしてそんな簡単に人の情報を手に入れられるのだろう。そういえば、ジェレミアだって確かわたしのことを調べたとか言っていたし、そんなに色々と情報がだだ漏れているのだろうか。だとしたら、もう少し管理をしっかりした方がいいかもしれない。

これじゃあプライバシーなんて、ないも同然だ。

などと内心青くなったり憤慨《ふんがい》したりしているわたしに、パオロはさらに続ける。

「俺さ、元々使用人じゃない別の仕事してたんだけど、そう考えたらいてもたってもいられなくなったんだ。『応援する会』を運営しているのは貴族のご令嬢が多かったから、きっときっかけを作ったヤツも貴族のご令嬢である確率が高いかな、と思ってさ、それで使用人になって調べてみたんだよ。そしたら、あんたを見つけたって訳だ」

なるほど。とてもわかりやすいし、完全に正解だ。彼の頭が良いのかわたしが馬鹿なのか。きっと後者だろうなと思ってむなしくなる。

「そう……」

「そうだよ。まあ、いつかは話そうと思ってた訳だけど、まさかあんたの方から来てくれるとはね。やっぱり故郷の話とかしたかった？　そうだ、俺の質問覚えてる？」

当然だ。あの晩餐での衝撃は忘れられない。

まあ、その後のジェレミアはもっと忘れられないが。

「もちろん、食べたいと思うことはあるけど。でも、生まれた時からこの国で育った訳だから、それほどの欲求はないかな。……何より、再現しようがないし」

一応、味自体は憶えているのだ。

おはぎを食べた時に「それ」とわかる程度には。中には好物もあったが、体が憶えている訳ではないので、強い欲求にはなりにくい。

「俺も最初は諦めてたけど、やっぱり思いだしたくてさ。少し頑張ってみたんだ……知り合いの料理人に頼んで調理場を借りて研究してる最中なんだけど、あんたにも食べて欲しくてね」

「そんなのあるの？」

あの晩餐会で出されたおはぎの完成度はかなり高かった。だとしたら、結構近いものが食べられるかもしれない。好奇心と期待から、わたしは思わず身を乗り出す。

「ああ、良ければ今度連れて行く。……ああ、そこの護衛君も一緒でいいよ。一応その店のメニューにも加えて貰ってて、割と人気なんだぜ」

「それはぜひ行きたいわ。あの夜のおはぎもあなたの試作品なんでしょう？」

訊ねると、パオロは得意げに頷く。

「ああ。我ながらうまくいったと思ってる。この世界にもあっちと似た素材って結構あるから、もしかしたらと思ってたんだ。どう、うまかっただろ？」

「それはもう、後はお茶があればもっと……」

良かった、と言おうとして、わたしは本題をすっかり忘却の彼方にすっ飛ばしていたことに気づいた。彼を連れてきてもらったのは、日本食の話をするためではない。

――いや、それもいつかは話したいと思ってはいたのだが、今はルチアの問題の方が優先順位が高いのだ。

「あーわかるわ。でも紅茶に似た茶はあるのにアレ、加工しないと苦すぎて飲めないいんだよな。この国じゃなくて別の場所にならなんかありそうなんだけどなぁ」

「そ、そうね。あの……」

「むしろ、あんたの方がそういうこと詳しいんじゃないか？　お貴族様なら、色々贅沢品も口にしてるだろうしさ」

問うように言われ、わたしは話を始めるきっかけを失う。というのも、それまで快活だった彼の様子に変化があったからだ。特に「貴族」と言った時の重さは、全く彼のイメージとそぐわない暗いものだった。

「……残念だけど、外国のものは滅多に口に入らないの。わたしの父は贅沢を好まないから」

「へぇ、変わった人なんだな」

そう言うと、パオロは複雑そうな顔になり、一瞬口をつぐむ。

なんとなく気まずい雰囲気で、声を掛けにくいが、ここで言わなければまた言えなくなりそうなので、わたしは本題を切り出すことにした。

「……えーとね、ちょっと話は変わるんだけど、実は、今日あなたを呼んだのはお願いがあったからなの。あなた昨日、わたしと一緒に来た女の子につきまとわれたでしょう？」

「ああ、何か凄い美少女がこっちを見てくるから驚いたけど、よくあることだから適当に無視したりあしらったりしたかな。何だ、あんたの連れだったのか。それで？」

彼の言葉に、わたしはなんとも言えない気持ちになった。

やはり、よくあることらしい。まあ、ジェレミアも似たようなことを言っていたから、見目よい人間は差こそあれ、似た経験があるのかもしれない。

何より、面食いのわたしが太鼓判を押すほどの美男子なのだから、当然だと言える。

「あの子ね、あなたに好意を持ってしまったみたいなの。それでちょっと困ってるんだけど……」

「ああ、そういうこと」

頷いたパオロは笑みを浮かべていたが、わたしはなぜか背筋が寒くなってきた。目を合わせてみれば、全く笑っていない。どころか、怒っているようだ。

「やっぱり、あんたもお貴族様なんだな。困っているっていうのは、連れの令嬢が身分違いの男とどうかなったら困るって意味なんだろ？」

わたしは彼の言いたいことが何となくわかった。

この国には階級が存在する。

けれど、わたしたちが以前いた国にはそういう制度はなかった。その記憶がある状態で、しかも労働者階級に生まれた彼は、貴族に生まれたわたしと違い、ずいぶんと嫌な思いをしてきたのかもしれない。

だとしても、彼は勘違いをしている。わたしは嘆息して、言った。

十五・重なる思い

「ええと、身分なんてどうでもいいんだけど」

「は？」

パオロは、一瞬何を言われたのかわからないといった様子で、間の抜けた声を出した。が、わたしは構わず続ける。

「身分とかどうでもいいの。本気なら止めない。でも、結婚とかそういう話は、社交界に出られる年齢になってからの方がいいと思うから、あなたの方からそれとなく避けて欲しいんだけど……だめかな」

そっとうかがうと、パオロは呆れたような顔でわたしを見ている。なかなか返事がこないので、不安になったわたしは重ねて問う。

「ま、まさか逆玉の輿《こし》狙いだったりするの？」

「……っ、ははははっ！」

困惑したわたしをよそに、パオロはなぜか笑い始めてしまった。意味がわからずこっそりデニスを見やれば、とてつもなく怒っているのか目を細めていつでも仕留められそうな顔をしている。思わず速攻で目を反らし、わたしは問うた。

「何で笑うの？」

「いや、何ていうか、俺の方がこの国に捕らわれていたんだなって思ってさ」

「……はあ」

彼の言いたいことがよくわからず、わたしは首を傾げる。

「あんたさ、変わってるって言われるだろ？」

「うん。でもわたしの周りの人はわたしが記憶持ちだって知ってるから大目に見てくれるし、間違ってたらはっきり教えてくれる人ばかりだから……」

実際、階級というものがいまいち実感できなかったのだ。ここはこうする決まりだと教えられても、何だか合理性に欠ける気がしてすぐには頷けなかった。けれど、成長するに従ってそれにも慣れ、今ではたまにしか言われなくなった。

「そうだろうな。でも、こうは思わないか？

この世界や国では間違っているとされていることも、俺たちのいた国では逆で、この国の考え方の方が間違いだと言われてた。だったら、どっちが正しいんだろうってさ」

「それは……」

「考えたことがなかった、なんてことはないだろ?」

言い淀《よど》んだわたしに、彼はそれまでのものとはまた違った様子で訊ねてきた。表面上は笑みを浮かべているものの、ふざけることは許さない、といった圧が感じられ、小心者のわたしは少し彼が怖く感じられてしまった。

しかし、そう思う気持ちは良くわかる。

だから、正直に答えた。

「もちろん、考えたことはあるわ。でも、考えるだけ無駄だと思ったの。だって、わたしひとりに出来ることなんてたかが知れてるし、それなら受けいれた上でどうしたいか考えた方がいいと思って。わたしはそんなに頭も良くないし、前世の知識が豊富な訳でもないから……」

「まあ、そうだろうな。俺も似たようなものさ、……そう、ひとりでは何も出来ないよ」

少し苦笑気味に言ったパオロは、大きく嘆息すると、「あー」と声をあげつつ頭をかいた。

「ごめん、何か暗い話になっちゃったな。今までこういう話ってさ、同じ階級の記憶持ちの奴らとはよくしてたんだけど、同じ現代日本生まれなんていなかったからさ、つい、余計なことまで言っちゃったよ」

「気にしないで、わたしも嬉しかったし」

実際、知っていることについて説明しなくてもニュアンスや単語ひとつで理解してもらえる、というのがどれほどありがたいことなのか、わたしはここへ生まれたことでようやくわかったのだ。

彼も似た状況だったのだろう。

「そうか、なら良かった」

「うん、あ、でもあの子、ルチアのことはお願い」

「ああ、わかった。けど、仕事中は対応できないから、そこはあんたが何とかしてくれ」

わたしは頷いた。とはいえ、頷きはしたもののどうにか出来る自信は皆無だが、何とかひねり出すつもりだ。出せなければルチアが大変なことになる。預かった以上、面倒事になるのだけは避けたい。

「何とかするわ。それじゃあ、いつか必ずその店に行くね。ええと、それって何て名前なの？」

「あー、いや、その時は俺が案内するから、楽しみにしててよ」

「わかった。あ、そろそろ仕事に戻った方がいいよね」

長いこと話をしてしまった、と思い、わたしは言った。すると、パオロは最初に見せたあの明るい笑顔に戻って答えた。

「気にしなくていいよ、俺も話せて楽しかったし、本当言うとまだ全然足りないくらいだし」

わたしも同じ気持ちだったが、使用人は結構忙しいはずだ。今のところ、この邸へ訪れている客はわたしたちだけだが、それでなくても現在王都では議会が開かれており、それに参加するために訪れた貴族たちがこの邸へもやってくる。

その対応をする必要があるだろう。

もっと話をしたければ、彼の言う店に行けばいいのだ。

「わたしも楽しかったわ。それじゃあ、またね」

いつまでも引きとめては悪いと思い、わたしは送りだすためにそう言う。すると、彼は一瞬にして佇まいを変えた。

「……はい。それでは、失礼いたします」

優雅に、まさに公爵家の従僕らしい動きで礼をすると、扉から出て行く。

わたしは思わずその仕草に見とれてぼんやりしてしまった。話している時にはあまり感じないが、やはり彼も美男子なのだ。

ジェレミアと違い、心臓に悪いことは一切ないが、ついつい観賞してしまう。すると、後ろから咳払いが聞こえた。恐る恐る振り向けば、無表情なデニスと目が合う。

彼女は怒ったまま、低い声で言った。

「ロレーヌ様……お言いつけどおり何も申しませんでしたが、私は気にいりません。あのような物言いを許すなど、かつて同郷だったというだけで」

苦々しさがそこかしこから迸《ほとばし》りまくっているデニスに、わたしは気圧《けお》されつつ、曖昧に笑う。

「ごめんなさいね。でも、あなたがいたから安心していられたことは本当だから、ありがとう」

プライドの高い使用人に対し、嫌な思いをさせてしまったことを素直に詫びると、面食らったような顔をされた。

本来、貴族の女性が使用人に対してこういうことを言うのは良くないと教えられている。あくまでも、わたしは上に立つ側で、向こうは仕える側だから、示しがつかないというのだ。

それでも、今は言いたかった。

「あなたのことは信頼してる。だから、これからもお願いね」

十六・パオラからのお誘い

「は、はい。畏まりました」

デニスは戸惑いながらも頷いてくれた。若干目の下の辺りが赤くなっているように思えるが、見なかったことにする。あまり混乱させるのも悪いと思ったのだ。

「それじゃあ、一旦部屋に戻ります」

「はい」

デニスは頷くと、わたしの前を歩き出す。まだ少しぎこちないが、いつものように周囲を警戒しながら部屋へ向かう。その背を見ながら、今日は手紙の続きを書こうと決めた。

本当ならもっと早くに出そうと思っていたのだが、昨日は疲れていたこともあり、ドロテアに出す分しか書けていなかった。

何はともあれ、最大の目的である「パオロに話をつける」ことは出来たのだ。わたしは内心やれやれ、と胸を撫で下ろして、少しくらいはゆっくりしようと決めて微笑んだのだった。

◆

——が、そうは問屋が下ろさなかった。

「ロレーヌ、ちょっといいかしら？　五日後、ボルジ公爵夫人が社交の季節の幕開けに夜会を開くことは知っているわね。せっかくだから、何か小物を買おうと思うの。これから出かけるからついていらっしゃい」

昼少し前、突然わたしの部屋を訪れたパオラが言った。

「……や、夜会ですか」

紙にペンを走らせていた手を止め、わたしはパオラにきょとんとした目を向けた。

「そ、それはまた急ですね」

「あら、ジェレミアに話すよう言っておいたのだけど、聞いていないのかしら」

全然全くこれっぽっちも知らない。

しかし、ジェレミアがそういうことを言い忘れることは考えにくい。ということは、何か理由があるはずだ。

わたしはすぐに思い当たった。何しろ、昨日はルチアのことで頭が一杯で、あれ以上何か入れたら爆散する、と叫びたくなるほどだったのだ。今朝《けさ》だって、気合を入れまくってようやくパオロに話をつけることができたのだ。

あの状態のわたしを彼がどう判断したか、想像に難くない。

「はい。わたし昨日はちょっと色々あって、きっと気を使ってくれたんだろうと思います」

「そう、まあいいわ。とにかくそういう訳だから、ふたり揃っていらっしゃいな。どうせあなたはルチアの臨時の付き添い役だし、貴女の付き添いはわたしがいるのだから、何の問題もないわね」

言い放った彼女はとってもいい顔をしていた。

わたしの脳裏に、かつて馬車の中で精神をフルボッコにされた思い出が鮮やかに蘇る。いくら自分でその通りだと理解していても、どれほど自分がダメかわかっていても、自分で自分をけなすのと、他者に言われるのには雲泥《うんでい》の差があるんだよと身に染みるほど実感した思い出である。

しかし、断る訳にはいかない。

何より、ルチアの気を反らす絶好の機会だ。

「そ、そうですね。それじゃあすぐに用意します」

「ふふふ、貴女のあのほこりの塊《かたまり》にしか見えない帽子を、ちゃんとした淑女の帽子に変えてあげる。それに、あのださすぎる服装のあの子もね、そうだわ、明日は仕立てるためにわたしの贔屓《ひいき》にしている店の人を呼ぶわよ、いいわね?」

「は、はい」

顔を近づけられ、恐ろしいほど美しい笑顔で言われれば、わたしはまたしても頷き人形になるしかない。女神ににらまれたらきっとこういう気持ちになるんだろうな、とわたしはこっそりと思った。

「それなら、後であの子にも話しておいてね」

「わかりました～」

従順に返事をしたわたしに満足そうな笑みを向け、パオラは颯爽《さっそう》と去って行った。

部屋にいたたまれない沈黙が下りる。

だが、それを聞いた小間使いのドーラが唐突に叫んだ。

「お、お着替え！　外出用のお着替えを準備しないとっ」

そうでした。また着替えか……面倒くさいな、と思いつつ、わたしは大きく息をついた。まるで嵐が来たみたいだ。気分はまるで吹き散らされた木である。

気を取り直し、手紙に再度向かう。本当は家族にも書きたかったが、時間がないので、ドロテアだけに書くことにした。

それが書き上がると、わたしはルチアの部屋へ向かった。

相変わらず恋する乙女の顔をしている彼女に、観劇に行くための服や小物を見に行くと言って気を引き、約束をとりつけると、今度は軽食だ。

それから着替えて、パオラが寄越した迎えについて、ルチア、デニスと共に王都の街へと繰り出したのだった。

◆

外へ出ると、昨日ジェレミアと出かけた時とさして変わりない王都の風景が飛び込んできた。

昨日と違い、日差しが出てきて少し暖かい。

そんな中、やたらと大きく豪華な馬車に乗り込んで、あまりの乗り心地の良さに感動していると、あっという間に商店の立ち並ぶ通りへと到着する。

デニスに下ろしてもらったわたしとルチアは、パオラに続いて店へと向かう。人通りはさほど多くないが、それでも時折紳士や貴婦人の姿がある。

寒いので、わたしは大きな毛織のストールを巻き付けて身を縮めながら店へ入った。

店の中は外より遥かに暖かく、たくさんの帽子が並んでいる。

「うわぁ、凄い……綺麗」

思わず、といった風情でルチアが呟く。

さすがの恋する乙女も、この光景には見入らずにはいられなかったらしい。目がキラキラと輝いている。とりあえずしばらくは大丈夫かな、と安堵してわたしも帽子を眺めた。

たくさんの造花が飾られた奇抜なものから、色とりどりに染めた鳥の羽をあしらったものなど、手の込んだ帽子は見ているだけで楽しい気分になる。

以前は良くドロテアなどと訪れたものだが、買うことはなかった。もちろん、目立ちたくなかったからである。

すると、パオラが店の奥に目をやりながら言った。

「ここの店主とは長い付き合いなのよ。彼女、とても腕がいいの……きっとあなたたちに似合うものを作ってくれるはずよ」

「え、ここにあるものから選ぶんじゃないんですか？」

ルチアが驚いたように言うと、パオラは残念そうな顔をし、呆れたように言った。

十七・気まずい再会

「既存のものを買うなんて恥ずかしいことは出来ないわ。いいこと、わたしたちは流行を作り出していく側なのよ。わたしたちはこの国の他の人々のお手本とならなければならないの」

「……お、お手本、ですか？」

困惑した様子でルチアがおうむ返しに問う。

わたしはといえば、口元を引きつらせたルチアの気持ちが良く分かる。いくらなんでも、それは荷が重すぎる。

しかも、恐らくその言葉はわたしに向けられてもいるはず。そう思うとあまりのことに胃が引きつれる思いだ。

ジェレミアに相応しくなるため頑張るとは言ったが、人間には出来ることと出来ないことがある。わたしには一生かかっても無理だ。なので、聞かなかったことにした。

「ええ、お手本よ。……そうね、ロレーヌは以前少し揃えたから、まずは貴女からね、ルチア。店主に紹介するわ」

そう告げると、さっさと店の奥へ消えるパオラ。

その背を見送り、ルチアは小声でわたしに言った。

「何か、凄い方なんですね。レディ・アストルガって」

言葉の裏に、色々な意味でという感想が含まれているのを察し、わたしは彼女と全く同じ引きつり笑いを浮かべて頷いた。

「うん、わかってはいたつもりだったんだけど、また思い知らされた気分ね」

でも、これはまだまだ可愛い方なのだ。氷の貴公子の異名を持つジェレミアと比肩する美しい顔と姿をした女神に罵詈雑言《ばりぞうごん》を浴びせられた時に比べたらなんてことはない。

考え方がおかしいとダメ出しされたくらいが何だというのか。そんなものは会うたびにされている。しかも、彼女はとことん好意で言ってくれているのだ。まあ、わかっていてもそうは見えないのが困りものだが。

やがて奥から歓声が聞こえ、すぐにこちらへ向かう足音が聞こえてきた。わたしとルチアはそちらに目を向ける。

すると、パオラと共に快活そうな若い女性が現れた。

「紹介するわね、この店の店主のミス・マリサ・サビーノよ」

「よろしくお願いいたしますわ、お嬢様方」

にっこり微笑んだ店主、ミス・マリサは金褐色の髪を後ろでひとまとめにした、パオラとそう歳の違わない笑顔の綺麗な女性だった。やや目じりの下がる灰緑色の目をし、作業着らしい茶色の丈夫そうなドレスを着ている。

――こ、これは着飾れば相当美人なんじゃ……。

なのに、こんなところで帽子屋をやっているなんて何てもったいないんだ、と思ったものの、人がどんな職種を選ぼうが自由である。

ただし、わたしはひっそり心に決めた。

――王都で帽子買う時はここにしよう。

「で、レディ・アストルガ、まずはどちらからお見立てしましょうか?

どちらもこれからの季節に相応しいものはお持ちでないということですから、いくつか必要だと思いますが」

「ええ、もちろん。でもロレーヌには少し手持ちがあるから、まずはこの子からお願いしようかしら」

パオラがルチアを示すと、ミス・マリサは「畏まりましたわ」と言って手近な帽子をいくつか手に取る。それをルチアにかぶせてみてから、少し悩む。

わたしはその様子をただただ楽しく眺めた。

何だか劇を見ているみたい、と思っていると、突然ミス・マリサの目がカッと開いた。

「来た！　来たわ――――っ！

閃《ひらめ》いたわよ。さあ、こちらへいらして下さいな、すぐに図案を描かなければ。レディ・アストルガもいらして下さい、助言を頂きたいわ。さあさあ」

喉の奥から哄笑に似た笑い声を響かせ、ミス・マリサはルチアの腕を強く掴《つか》むと店の奥へと引きずり込んだ。それまでの快活で優しげな美人は消え去り、ナニモノかが降臨した芸術家のような有様になってしまっている。

わたしはその様子に腰が引けた。

「え、え、え、ちょっ、ロレーヌお姉様！」

「る、ルチア、頑張って」

助けを求めてきたルチアを、わたしはあっさり見捨てた。ルチアはさながら遠くへ連れられて行く子羊みたいな目をしていたが、わたしには救出は不可能だ。

やがてルチアの姿が店の奥に消えると、パオラが言った。

「ロレーヌ、ちょっと悪いのだけど少し待っていてくれるかしら。まあ、あの様子ではそう時間はかからないでしょうから」

「あ、はい。わかりました」

そう頷くと、パオラは何だか淀んだオーラが漂う店の奥へと消える。残されたわたしは、置かれていた椅子に腰かけて、見事な帽子の数々を眺めた。

「こんなの、わたしが被ったらどう見えるんだろう？」

イケメンや美少女アイドルなど、容姿の優れた人なら少しくらい変てこな格好をしてもそれなりに様になるが、わたし程度だと何だか微妙な気がする。まあ、着飾ればイケるのかもしれないが、あの派手な鳥の羽が飛び出ているやつなんか被ったら絶対におかしいはずだ。変なことにならなければいいけど、と思ってぼんやりと外のひとの様子を眺めていると、不意に店の前に見覚えのある姿が通りかかる。向こうもこちらに気付いて目を丸くしていた。

しばし、睨みあうわたしと通行人。

思わず硬直してしまったわたしは、何か声を掛けるべきか長考したものの、相手の方の硬直が解けるほうが早かった。

「えーと、奇遇だね？」

「……そうですね」

少し警戒しつつ答えると、通行人――エミーリオは苦笑した。

「そんなに身構えなくても取って食ったりしないよ。それに、君には優秀な護衛もついているだろ」

彼の言葉に思わず馬車を見ると、それは恐ろしい表情をしたデニスが足早にこっちへやって来るのがわかった。

と言うのも、わたしたちが乗って来た馬車は店の邪魔にならない場所に停めてあるのだ。それは少し離れた場所で、デニスはそちらで待機していたのである。

やがてわたしの側に来たデニスは、立ち去らないエミーリオを冷たい表情でじっと捉える。その間、ひたすら無言を通す彼女からは妙な圧力を感じる。

守られているはずのわたしの方が神経を削られる思いだ。

けれど、そんなデニスよりも、目の前に立つ存在の方がより神経を削り取る。本音を言えば、前回会った時のように、デニスの背中に隠れてしまいたい。でも、こんなところでそんなことは出来ない。相手は礼儀を守っているし、デニスだっている。

しっかりしろ、とわたしは自分に言い聞かせた。

わたしがひとり逡巡《しゅんじゅん》している間、ふたりは無音の攻防を繰り広げていた。睨みあったところでデニスが引き下がる訳もなく、エミーリオはまた笑みを浮かべ、小さく肩をすくめ、それからわたしを見て言った。

「暇そうだから、少し話したいな」

そう言うと、兄とは異なるどこか危険さも持った顔が真っすぐにわたしに向けられる。その目が少し寂しそうに見えた。

どうしてそんな目でわたしを見るのだ。

不思議に思いつつ、わたしは口を開いた。

十八・事件遭遇

「少しなら構いませんよ。でも、連れがいるので長くは無理ですし、あまり変なことはお話ししたくありませんけど」

最近は素ばかり晒《さら》していたが、使い慣れた笑顔の仮面をきっちり被る。でなければ、あの時のことが思い出されて速攻でデニスの背に隠れてしまいそうだったからだ。

エミーリオはそれに気づいているのかいないのか妙に爽やかな笑顔で頷いた。

「もちろん変なことなんか言いませんよ。でも良かった……俺はてっきり嫌われているとばかり思っていましたからね。少し前にお会いした時はろくに受け答えもして下さらなかったから」

安堵した様子で、本当に嬉しそうに言うエミーリオ。

これがうわさの魔性の笑顔なのか。確かにかなりの破壊力。これを使って王都でアウレリオの名を騙《かた》って次々と女性を口説き落としたという訳か。

まあ、こんなんでも一応れっきとした女性なので、わたしにも落とされたであろう女性たちの気持ちは良くわかる。ただ笑んだだけだというのに、ただならぬほどの色気を放っているのだ。これはアウレリオにはなかったものだ。しかし、遊び人の色気なんぞに負けてなるものかとばかりにわたしは言った。

「そっ、それはですね、ええと、あ、あの時は風邪で声が変でしたので」

我ながらなんという間抜けな嘘かと思いつつ、言ってしまったものは取り消せない。すると、エミーリオは急に気遣わしげな様子になり、わたしの顔色をうかがうように少し距離を縮めてきた。

近づいた野性味たっぷりなイケメン顔に、思わずのけぞりかけて何とかこらえる。

この店の構造が恨めしい。中に展示されている帽子が良く見えるように、店の扉が開け放たれているのだ。人通りが多い通りだから出来るのだろう。そこに置かれた椅子に腰掛けている訳だから、通行人との間に壁はない。

「それはお気の毒に。もう良いんですか？」

「ええ。ですからお気になさらず」

「それは無理でしょう。貴女はとても素敵な女性なんです。貴女が苦しんでいたら俺も辛いですよ」

　わたしは心の中でなんてヤツだと思った。

　彼が何だか切なそうな顔をしているので余計だ。皆これに落とされたのだ。もはや顔だけが問題なんじゃない。立ち居振る舞いや言動が問題なのだ。なんというたらし、なんという女殺し。

　わたしの脳裏に思わず「カサノバ」という名前が浮かんだ。

　一生そんな人物と関わることはないな、と思っていた存在とこんな形で知り合うなんて、人生何が起こるか本当にわからない。

　というか、カサノバなんて本当にいるのだろうかと疑っていたが、やっぱりいるものなんだな。世界は意外性に満ちている。などと余計なことを考えつつ、わたしは返事をした。

「で、でしたらこれからは体調には気を付けます」

「ぜひそうして下さい。ああ、そうだ、体調だけでなく、今しばらくは出かけるのもあまりお勧め出来ませんよ」

「はあ、それはまたどうして？」

　訊ねれば、エミーリオは片方の眉をちょっと上げて訝しげな顔をすると、少し離れて首を傾げた。

　思わずほっとするわたし。

「新聞をお読みになっていないんですか？　近頃、王都は物騒なんですよ、特に、上流階級の集う場所はね」

「ああ、爆発事件のことですか」

アストルガ公爵が言っていたことを思い出し、わたしは頷いた。確かに、ジェレミアにも気を付けるように言われている。しかし、今日はパオラの誘いだったので、大丈夫だろうと思ったのだ。

「ええ、今のところ死人は出ていないですが、どうなるかはわかりませんからね。何より、俺は貴女に傷ついて欲しくないから」

何だか、さっきからエミーリオの様子が変だ。

わたしはどう反応すべきか戸惑い、黙って眉根を寄せて彼を見ていると、そのまま見返される。なぜか見つめ合う形となり、さらに頭が混乱していると、店の奥から声がした。

「そろそろ貴女の番よ、ロレーヌ……」

すると、パオラがわざわざ自分から呼びにやって来た。そして、現在展開されているわけのわからない光景を見て、眉をひそめると、そのままこちらへやってきて、嫣然《えんぜん》とした笑みを浮かべた。

わたしは内心小さく悲鳴を上げる。

この笑顔はジェレミアのそれと同じだ。ひどく怒っている時に見せる、あの全く目が笑っていない笑顔である。

「あら、どなたかと思えば、節操なしの将校様でしたか。わたしの可愛い将来の義妹に何かご用かしら？」

「いえ、通りがかったので挨拶をしていただけですよ」

「そうなの、それならもう済んだわね。ならこれ以上ここに留まるのはマナー違反ではなくて？」

身長はエミーリオの方が高いはずなのに、大して差がないように見える。そんなパオラに、エミーリオは苦笑した。

「もちろん、ちゃんとロレーヌ嬢の許可は取りましたよ。でも、用があるのでしたらご迷惑になりますからね、今日のところは失礼するとします」

「そう」

笑んだまま頷いてみせるパオラ。凄味のある笑顔に、さしものエミーリオもたじろいでいる様子だ。彼は名残惜しそうにわたしを見て口を開く。

別れの挨拶をしようというのだろう。

わたしも何か言わなくちゃ、と思ったその時だった。

帽子屋からかなり距離のある建物から、凄まじい爆発音が響いたのだ。

悲鳴を上げる間もなかった。

空気が震え、粉塵《ふんじん》が舞い上がるのをただ呆然と見つめていると、少し間を置いてその建物の方から、人々がこちらに走ってくる。

ようやく何人かが悲鳴を上げた。

「……くそ、間に合わなかったか」

エミーリオが悔しげに言った。

彼はぎり、と歯を食いしばり、じっと爆発のあった一点を見つめる。

「あそこは、確か上流階級も集う茶店があった場所だわ」

すると、パオラが険しい顔で言った。

彼女の言葉に、ある想像が頭をよぎる。わたしは今更ながら体が震えてきた。もし、帽子屋に寄った後、時間があるからとあそこでお茶していたらと考えてしまったのだ。つまり、わたしたちもあれに巻き込まれていた可能性があったのである。

十九・外出は禁止

規模としては大した爆発ではない。

花火が暴発したくらいだから死人が出ることはまずないと思うけれど、それでも大けがをする可能性があったのだから、十分怖い。

「こうなったら、少し落ち着くまでここにいて、今日は帰りましょう。全く、警察は何をしているのかしら」

言いながら、パオラがわたしの肩に手を置いた。その感触に、妙な安心感を覚え、わたしはようやく息をつくことができた。

それから、周りを見てみると、デニスは険しい顔をしたまま爆発のあった場所を睨んでいる。何かあっても対応出来るように警戒しているのだろう。彼女の存在も、わたしにはとても心強い。

するとと、それまで悔しげに建物を見ていたエミーリオが声を掛けてきた。

「……ロレーヌ嬢。申し訳ありませんが俺は仕事があるので失礼します。お詫びはまた会えた時に、では」

将校らしいきちんとした礼をし、彼は慌ただしく去って行った。彼は軍人だから、こういう事態はあまり関わりないように思えるが、何か事情があるのだろうか。

わたしは挨拶を返すこともできずに、その背を黙って見送った。

それから、パオラの言う通り混乱が収まるまで待ち、わたしたちは公爵邸へと戻ったのだった。

◆

「ロレーヌ！」

帰るなり、すでに戻っていたジェレミアに出くわしたわたしは声を発する間もなく抱きしめられた。しかも結構な力だったので、かえるみたいな声を上げかけてしまうが、そこは淑女として全力でこらえる。しかし、抱擁《ほうよう》が解けないとしゃべることすらできない。

心配していたのだろうことは嬉しいものの、ちょっと背骨が痛い。

ついでに背中に突き刺さる視線も痛い。

「ジェレミア、そのくらいになさいな。貴方の愛しのロレーヌが窒息寸前よ」

呆れきったパオラの声に、ジェレミアはようやく力をゆるめてくれたものの、抱擁はまだ解けない。そんなに掴んでなくても逃げないんだけど、と思いつつ呼吸をする。

「わかっているが、つい。……事情は聞いた。まさかあんな場所も標的にされるとは。姉さんも外出は控えた方が良さそうだ」

「ええ、でしょうね。でも悔しいわ、何だか負けたようだもの」

「勝ち負けの問題じゃないだろう。とにかく、ロレーヌとルチアは公爵邸から出るべきじゃないな」

突然の外出禁止宣言に、思わずわたしは目を丸くした。だが、言われてみれば確かに、危ないかもしれない場所をうろちょろするべきではないかもしれない。

しかし、これではここに来た意味がない気がする。

恐らく、この事態がある程度収拾するまで、催しも中止か延期にならざるを得ないのだろう。残念だが、これればかりはどうしようもない。

「仕方ないわね、まあ、このふたりがいればわたしは退屈しないからいいけれども」

パオラの目がわたしとルチアに向けられる。ちょっとキラッと光ったのは決して見間違いなんかじゃない。やっぱり着せ替え人形みたいになるのかと嘆息しつつ、わたしは言った。

「とにかく、ここから移動しませんか。寒いですし」

これには、全員が頷いてくれた。

◆

場所を変え、これからについて話し合ったあと、それぞれ晩餐へ向けて着替えるために部屋に引き取ることになった。

部屋へ向かう際には、当然のようにジェレミアがついてくる。

彼はやや暗い顔をして言った。

「それにしても、王都でこんな事態が起こるとは。一体何が目的でこんなことをしているのか」

「そうですよね、しかも狙うのは上流階級の集まるような場所ばかりだなんて……」

まるで、上流階級に恨みがある者のしわざみたいだ。まあ、実際中には恨みを買うようなことをしている者もいるけれど、これはそういうものとは違うようにも思う。

「とにかく、君は出歩くな。もし君に何かあったらと思うと……」

言って、ジェレミアは大きなため息をついて立ち止まる。その表情が何だか疲れているように見えて、こちらも胸の辺りが重くなってしまう。だから、正直に言った。

「それはわたしだって同じです。ジェレミアも……少しでいいですから、外出を減らす訳にはいかないでしょうか？」

ジェレミアがわたしを心配なように、わたしだって彼のことが心配なのだ。少しでいいから、出歩かないで側にいる時間を増やして欲しいと思いながら、彼の目を見る。

すると、驚いたような顔が目に飛び込んで来た。

「……全く、君という人は」

どこか嬉しそうに呟くと、ぐいと腕を引かれる。そのまま、またしてもわたしはジェレミアの腕の中にいた。理由がわからず、なぜを頭の中で連呼する。

ごく普通に心配しただけなのに、なぜこんな反応が返ってくるのだ。好きな人なら心配になって当たり前ではないか。

「そんなに、私に側にいて欲しいのか？」

「違っ、あ、いえ、違わないですけど！　側にはいて欲しいですけど、だって、もしジェレミアが巻き込まれたらって考えたら……！」

へどもどしつつ答えると、ジェレミアはわたしを抱きしめたまま耳元で言った。

「わかった。なら、どうしても外せない用事の時以外はなるべく君の側にいるようにしよう。私も、その方が安心だ」

それはそうなのだが、どうにも取り違えられている気がしてならない。まあ、側にいてくれるというなら、わたしだってその方が安心だ。側で眺めていられることでもあるし、でも何だかやっぱり納得がいかないのだが。

「それに、まだ本を一緒に読む約束も果たしていない。まあ、元々なるべく君の側にいるつもりだったのだから、あまり変わらないとは思うが、もう少し時間を調整してみよう」

「それでも、嬉しいです」

少しでも一緒にいられればいい。

心からそう思って言うと、ジェレミアがくすぐったそうな笑い声を上げた。しばらくは互いに笑いあう。

わたしはようやく、今日無事で良かったと思った。

それで思い出した。

あとひとつ、ちゃんと言っておかなければならないことがあった。言わなければ絶対に怒るだろう。ならば、言っておくべきだと思い、わたしは口を開いた。

二十・晩餐にて

「あの、それでですね、さっきは言いそびれちゃったんですけど、実は今日、またカルデラーラ中佐に会ったんです」

一瞬にしてジェレミアの表情が不愉快な時のそれに変化した。言っても怒るのか、と思いつつ、とにかく報告だ。

「も、もちろんそこにはパオラもいましたから何もなかったですけど、ちょっと、気になることがあって……」

「気になる……？」

そう、あの爆発があった時、エミーリオは言ったのだ。はっきりと悔しそうに「間に合わなかった」と。つまり、彼は何らかの形であの事件と関わっているということになる。わたしはそのことをジェレミアに何とか伝えた。

状況説明交じりになってしまったので、わかりにくかったと思うのだが、ジェレミアはちゃんと聞いてくれた。話し終えて落ち着いたわたしは、彼のこういうところも好きだなあと思う。

「なるほど、言いたいことはわかった。知り合いに警察関係者がいるから、機会があれば伝えてもいい。だが、あの男は海軍所属だから、もしかしたらそちら方面で何か動いているのかもしれないな」

「そうかもしれませんね」

ジェレミアの返事に頷きつつ、わたしはとりあえず言うべきことは言えたので安堵する。本屋の一件があったから、少なくともエミーリオに会ったことだけは伝えておきたかった。

黙っていると、何だかやましい気分になる。もちろん、やましいことなど一切ないのに、不思議ではあるが。

「話してくれて良かった。少し休むと良い……疲れているだろう？」

「いえ、大丈夫です」

確かに怖かったが、疲れは感じていない。

と言うのも、パオラとあの帽子屋の店主にいじり倒されてはいないからだ。ちなみに、いじられたルチアの方はやや疲れた顔をしていた。

「すぐに着替えますね。晩餐には遅れないようにしたいですし」

「そうか。それなら今日は少し夜更かししようか？　明日は出かけるような用事はないから、君の側にいられる」

その言葉を聞いた瞬間、わたしは思わず顔を綻ばせた。ここしばらく、微妙に一緒にいられていない。せっかく大好きな顔を眺めながら色々な話が出来ると思っていたのに、ほとんど何も出来ず、ちょっと不満だったのだ。なので、顔が勝手に笑んでしまう。

「本当ですか、嬉しい」

そう言いつつも、側にいたらいたで心臓には悪いのではあるが、それでも近くにいられるというのはわたしにとって、とても嬉しいことだった。

すると、ジェレミアは口元に手を当てて不意に横を向いた。あれ、わたし何か変なことを言っただろうか。

「どうかしたんですか？」

「いや、何でもない」

「何でもないって様子ではないですけど？」

どうしよう、もっと盛大に喜べば良かったのかもしれない。せっかく一緒にいてくれるというのだ。恐らくあれこれ時間をやりくりしてくれたに違いないのに。しかし、どうしたら伝わるのか、考え出したわたしに、ジェレミアはぼそり、と言った。

「ああ、早く結婚してしまいたい」

「……？」

増々意味がわからなくなって首を傾げたわたしは、じっと顔を見てみた。いつもはきりりとしている目元がやや赤い気がする。見られているのに気づいたジェレミアは、わざとらしく咳払いして言った。

「こんなところで話していると寒い。着替えに戻るのだろう？」

「え、ああ、そうですね。もう部屋はすぐですし、終わったら下へ行きますから、待っていて下さい」

「わかった」

若干ぎこちない様子できびすを返したジェレミアの背を見送り、わたしは次こそはちゃんと喜ぶぞ、と誓ってドーラの待つ部屋へと向かったのだった。

◆

晩餐まではまだ時間があったので、着替え終えたわたしはジェレミアやパオラ、ルチアと応接間に集まり、その日のことを話した。やがてアストルガ公爵がやってきて少しすると、食事ができたと執事が呼びに来たので移動する。

何度見ても、この公爵邸の食堂は凄い。特別な集まりがある日はもちろん、そうでない日であっても、様々な工夫がされている。何より、王都にはあちこちから食材が集まるので、日々違う料理が出されるだけでも凄いことだ。

それに、どれも美味しい。

今日も今日とて舌鼓を打ちながら食事を進めていると、公爵が今日のことについて話を始めた。

「それにしても、災難だったね。皆無事で良かったよ」

「本当に。でも、なぜ中々犯人が捕まらないのかしら。このままでは諸外国に笑われてしまうわ」

そう言うと、パオラは不服そうに葡萄酒を一口飲む。それにしても赤が良く似合うなあ、と思いながらつられてわたしも一口。すっきりしていて良く肉に合う。

「我が国の警察も努力はしているようなのだが、相手が狡猾《こうかつ》なのだろうね。聞いたところによると、爆発物もとても精巧で我が国の技術にはないものだそうだ」

「となると、他国が関係している可能性が？」

「いや、我が国の技術は世界の中でもかなり高い。他の可能性を考慮した方が良いだろうね」

ジェレミアの問いかけに、公爵は苦々しい様子で答えた。

聞くともなしに聞いていたわたしはもしや、と思った。犯人は、わたしと同じ時代、または未来に生まれ、ここへ転生してきた人間なのではないだろうか。もちろん、わたしみたいに何の知識も技術もないような者には無理だけれど、中にはそうじゃない人だっているかもしれない……。

そう思ったものの、単なる想像に過ぎないので、何も言わずに耳を傾ける。

やがて、公爵とジェレミアの話は段々ずれて政治色の強いものになっていき、わたしにはちんぷんかんぷんになってきた。

「殿方はすぐにああいう話になってしまうわね。まあ、そこがいいのだけれど。そうだわ、ロレーヌ」

声を掛けられたわたしは、口に物が入っていてすぐに返事できない。急いで飲み下すが、パオラが先に口を開いた。

「今日はあの事件のせいで流れてしまったけれど、明日ミス・マリサをここへ呼ぶことにしたから。どうせ明日は仕事にならないでしょうし、出かけられない以上、暇でしょう？」

問いかけの形をとってはいても、選択肢は存在していないパオラの言葉に、わたしは曖昧に頷くしかなかった。

二十一・やっと来た

「まあ、確かに暇ですね」

「でしょう、だから明日はここでもう一度帽子を作ってもらいましょう。それと、仕立屋も呼ぶわ。恐らく数日かかるでしょうから、いい暇つぶしよ……ふふ、楽しみね」

「はは、そうですねぇ」

答えつつ、ちらりとルチアを見やればうんざりしたような顔をしてわたしに助けを求める視線を送っているのがわかった。

ごめんよルチア。わたしにはこの美しい女神を止める術《すべ》なんてないんだよ。

なので、返事代わりに諦めたような顔で首を横に振ると、ルチアは絶望したような顔になり、恨めしげに肉にフォークをぶすり、と突き刺して凄い勢いで食べ始めた。やけ食いだろう。後で胃薬が必要にならなければいいが、と思いつつ、わたしは楽しげなパオラに曖昧な相槌を打ち続けた。

やがてデザートの段階となり、食事は終わった。

それから、頃合いを見計らってジェレミアとふたりになり、少しだけ話をして、その日は部屋に引き取ることになった。

ジェレミアがその方がいいと言ったからだ。

何だか早いような気がしたが、実際今日は色々とあり過ぎた。部屋に戻ってドーラに着替えを手伝ってもらい、ようやくひとりになると、どっと疲れを感じた。

心の中で、ジェレミアに感謝しつつ、わたしは寝台に潜り込むとすぐに眠りに落ちてしまった。

◆

朝食後、それほどすぐにパオラに捕まることはないだろうと思っていたわたしは、ジェレミアと一緒に公爵邸の図書室にいた。

買って来た本と、読みたいが手元にない本などを並べつつ、内容について話をしていると、入り口近くに控えていたデニスが言った。

「ジェレミア様、ロレーヌ様、誰か来ました」

「え、誰だろう?」

そうつぶやいてデニスのいる辺りを見ていると、声がした。

「ああ、ここにいたのねロレーヌお姉様」

「ルチア？　どうしたの、何かあったの？」

「ええ、実はね、やっとミセス・モレナが到着したの！」

走って来たらしいルチアは、頬を上気させて嬉しそうに言った。目が輝いていて、わたしは心の中で感嘆のため息を漏らした。それはさながら朝露に濡れた咲き初めの淡い色の花を思わせる。まだあどけないうえ、変に着飾っていないぶん、清楚さがあふれかえりまくりだ。

しかし、ルチアがなぜそこまで喜ぶのかがわからない。そんなにミセス・モレナとやらに会いたかったのだろうか。付き添い役と仲がいいことは考えられるが、喜び方がおかしいと思うのだが
――と考えたわたしは、はっとなった。

ここにはジェレミアもいるのだ。

今のルチアの様子を見たことは間違いなく、わたしは彼がどう思ったのかなんとなく怖くなった。けれど、それでも知りたくてそっと顔を見てみる。

すると、彼はこちらを見ていた。しかも少し嬉しそうな様子で、それまで落ち着いていたのに、鼓動が早くなってしまう。

「そうか、それは良かった、これで君もようやくいとこから解放されるという訳だな」

「そ、そうですね」

どこか含みのある笑みを向けられ、わたしはまともに返事ができない。そんな顔をしないで欲しい。これで足かせが無くなったことは事実なので、王都での事態が解決すれば、いつでもふたりで

出歩けるようになる、のだが、それを想像したらなんだか余計動悸がしてきた。

ある意味、パオラのおもちゃにされることが決まっていて良かったかもしれない。少なくとも、格好でバカにされることだけは防げるはずだろうから。

「ふふ、これでロレーヌお姉様もようやく解放されるわね。それじゃあ、それが言いたかっただけだから。あ、でも後で挨拶すると思うから、よろしくね」

「え、ええ、わかったわ」

かなりはしゃいだ様子で言うルチアに了解と頷くと、彼女はスキップでもしそうな足取りで去っていく。その姿を見送りながら、ふと思う。

「わたしが解放されるっていうのはわかるけど、あれじゃあルチアも解放されるみたい」

そう、ルチアは「ロレーヌお姉様も」と言ったのだ。

その言葉に何だか嫌な予感がする。しかし、正式な付き添い役が来た以上、ルチアの面倒はミセス・モレナの仕事だ。わたしがとやかく言えることではない。

「ロレーヌ、あの子が心配なのはわかるが、もう少し自分のことにも目を向けて欲しい。それに、私だって君を独占したいと思っていることを忘れないでくれ」

「……、そ、そうです、ね」

突然の独占宣言に、わたしはまたしても口が回らなくなってしまった。

テーブルを挟んだ向かいの美麗な顔が、懇願するような色を帯びている。その目は、確かにわたしにだけ向けられているのだ。

ルチアのあのはち切れんばかりの笑顔を見ても、全く動じずにいたのだから、これはとんでもないことだ。

――この人と、釣り合うようになるために王都へ来たんだもの。ちゃんとしなくちゃ！

よし、と気合を入れて、わたしは本を手に取り、言った。

「じゃあ、話のつづきに戻りましょうか」

すると、ジェレミアは嬉しそうに頷いてくれた。

◆

午後、昨日の帽子屋の店主、ミス・マリサ・サビーノが公爵邸を訪れた。さらに、パオラが言っていた仕立屋のマダムとお針子たちも時をそう違えずにやって来た。

「待っていたわ、ミス・マリサ」

「申し訳ありません、レディ・アストルガ。素材をかき集めるのに少々時間がかかってしまって、でも、その分最高のものをお作りすると約束いたしますわ」

ミス・マリサは執事に案内されて来ると、まずそう言った。それから、待っていたわたしとパオラ、それにルチアの顔をざっと見る。

そして、昨日見そびれたわたしに目を止め、言った。

「それでは、まずロレーヌ様の帽子をどうするか、から決めさせて頂きますけれど、よろしいでしょうか？」

「ええ、任せるわ。何しろろくな帽子を持っていないのよ、彼女。見て、この綿ぼこりみたいな物体。それだけじゃないの、まるで修道女みたいなものまで持っているのよ。良くこれを人前で身に着けられたものだと思うわ、わたし」

パオラはどこからか取り出したわたしの帽子をミス・マリサに見せてため息交じりに言った。

二十二・プチ悪夢再び

わたしはそれらの罵詈雑言《ばりぞうごん》を右から左へ受け流しつつ、ドーラを見た。

だが、彼女は仕立屋のマダムが持ち込んだ生地に夢中でわたしが恨めしげに見ていることなど全く気づいていない。

あの帽子をパオラに渡したのは、確実にドーラだろう。悪意からではないのだろうが、なぜわたしに断りもなく渡すのだ。後でちゃんと言っておこう、とわたしは決めた。

これ以上手持ちの服や装身具をパオラに渡したら、しばらく血の涙が心の中で流れ続けることは間違いない。それがわかっているというのに、わたしにはそれを止めることが出来ないのが何だか悲しい。いや、それに耐えさえすれば良くなるのはわかっている。わかっているのだけど、こう、心がささくれ立ってくるのはどうしようもないじゃないか。

現実逃避したくなったわたしは、ふと窓際に置かれたソファに座り込んで船をこいでいる中年の女性に目を向ける。

おばであるパルマーラ男爵夫人よりやや細めだが似たような体型をしており、品は良いものの飾り気のないドレスに身を包んでいる。髪には白いものがかなり混じっているが、それを気にしている様子はなく、洒落っ気というものが完全に失《う》せているようにわたしには見えた。どことなく同類の匂いがする気がする。

彼女こそ、つい先ほどルチアが到着を知らせてくれた付き添い役のミセス・モレナだった。疲れた様子で、座ったまま船をこいでおり、ルチアなど全く見ていない。

あれで大丈夫なんだろうか。

母が付き添えない時にわたしの付き添い役をしてくれた近所の名士の奥さんはもう少し厳しく見ていたのだが。

「レディ・アストルガ、まずは先に依頼されていたものをお渡しいたしますわ」

「あら、出来ていたのね、さすがだわ。ロレーヌ、こっちへいらっしゃい、そろそろミス・マリサは設計図でしょう?」

「はい、それではテーブルをお借りします」

パオラの言葉に頷いたミス・マリサは持ってきた紙をテーブルに広げ、なにやら猛烈な勢いで描き始めた。何が描かれているかさっぱりだが、それが設計図らしい。ついそちらを見ていると、パオラに再度呼ばれたので、仕方なくそちらへ向かう。

すると、仕立屋のマダムが何やら布地を大きく広げた。

「え、あの、これは？」

「見てわからない？　ドレスよ」

それくらいはわかる。だが、どう見ても目の前で広げられたそのドレスのサイズは、わたし用としか思えない。

困惑して思わずジェレミアを見れば、実に楽しそうである。彼はミセス・モレナと同じように窓際に置かれた椅子に腰かけていたが、わたしの視線に気づくと頷いた。それは一体どういう意味だろう、と思っていると、パオラが少しからかいを含んだ口調で言った。

「全く、今のジェレミアを見ていると調子が狂うわね。以前は女性が苦手で、贈り物なんて死んでもしないみたいなこと言っていたのよ？　それが今ではこうですものね」

「え、じゃあまさかこのドレス」

「そう、あの子からの贈り物。もちろん、あの子の希望を聞いてわたしが選んだ布地やデザインだから、完璧に貴女に似合うものばかりよ。まあ、時間が足りなくて一着だけだけど、後のものは社交の季節に間に合えばいいでしょうし、今日はこれを試着してもらうわよ」

パオラが自信満々に言い放つ。

わたしは目の前の淡い青色をした美しいドレスを見て、それからジェレミアを見る。すると、彼はいたずらが成功したような顔でわたしを見ていた。

何と言うか、とても嬉しいのだけどしてやられた感もある。パオラを巻き込めば、わたしが受け取るしかないことを良くわかっているのだ。わたしとしては、彼にあんまりお金を使わせたくないのだけれど……。

それでも、春の空みたいな色合いのドレスはとにかく綺麗で、今回は素直に喜んでおくことにした。

「あの、ありがとうございます」

少し大きめの声で言えば、ジェレミアは「気にしなくていい」と言って、とろけるような眼差しを向けてくる。

まさに吐血ものの表情だ。

非常にいたたまれなくなり、わたしはパオラに向き直った。

「さあ、その雑巾にしたくなるようなドレスを脱いでちょうだい。もう、ずっと着替えさせたいと思っていたんだから」

途端、心を平手打ちするような言葉が飛んでくる。

すみません、雑巾で。でもこれ、気安くて着心地が良くてお気に入りなんで、絶対に雑巾になんかしませんけど。

などと、心の中でちょっぴり反抗してみるが、あまり意味はないような気もする。そんなわたしをよそに、パオラは着々と計画を進めていく。

「さあドーラ、準備よ！」

「はいっ！」

威勢よく返事をしたドーラをはじめとしたメイドたちとお針子たちが着替えの出来るスペースを

作っていく。てっきり場所を移動するものとばかり思っていたのに、と内心焦るが、良く見てみればなんと、横に似たような更衣スペースがあるではないか。中に入っているのはどうやらルチアらしい。小さな呻き声が聞こえてくるのは、羞恥心に耐えているのだろう。

何しろ、この場には男性も混ざっているのだ。

「さあ、ロレーヌ、いいわね？」

「……は、はい」

この場を仕切る女帝の命令に否《いな》やを返すことなど出来ず、わたしは仕方なくそこに入る。わたしは、ここは衣料品店にある更衣室だと言い聞かせて入って来たドーラと一緒に着替える。途中、先に着替え終えたルチアがパオラにけなされつつ褒められているのが聞こえたが、わたしはそれどころじゃなかった。

奮闘することしばし、何とか着替え終え、ざっと髪も直すと、ドーラが言った。

「ロレーヌ様の準備が整いました！」

「そう、じゃあゆっくりと出ていらっしゃいな」

なぜかゆっくりという注文がつき、わたしは困惑しつつもその通りにそうっと目隠し布の隙間から足を出し、手を出し、頭を出してから、全身をさらしてみる。もっと優雅に登場出来たら良かったのだが、そんなことは不可能だ。なので、かなりぎこちない壊れたマネキンよろしく、わたしは更衣スペースから出て、衆目のもとにさらされることとなった。

最初にわたしを見たお針子やメイドたちが「おお」という感じに口を開く。ジェレミアが原案を考え、パオラがそれを元にして注文を出したのだから、きっと似合っているのだろう。周りの驚き方を見ればわかる。

もう何度か経験しているからだ。

とりあえず、何度経験しても思う。この瞬間だけは母の遺伝子がわたしの中にちゃんとあるんだなあ、と。

二十三・疲労困憊ですよ

いつもあるのかないのかはっきりしない母の遺伝子だけれど、こういう時だけは唯一感じられるのである。まあ、こんな形じゃないと親子だと実感できないというのが何とも悲しいが、事実だから仕方ない。

またしてもそんな微妙な気持ちになったものの、一番大事なのはジェレミアの反応だと思ったわたしは窓際に目を向けようとした。その時、不意に扉がノックされた。

「レディ・アストルガ、追加の布地と素材が届きましたのでお持ちいたしましたが、どうなさいますか?」

「入ってちょうだい」

「畏まりました」

扉が開いて、数人の使用人が入ってくる。執事と従僕、それとメイドたちで、手には箱や布地を持っている。そのうちのひとりに、パオロがいた。

つい彼に目を向けると、パオロもこちらを見ているのに気づく。何だか呆然としたような様子だが、何か驚くべきことでもあったのだろうか。

そう思ってから、わたしがいつもの地味な格好ではないことに気づいた。どうやら、驚かせてしまったらしい。

彼はしばらくわたしに視線を固定して動かない。彼だけではなく、他の若い従僕やメイドもである。多くの視線を向けられることに未だ慣れていないわたしは、どこかの陰に隠れたくなったが、そこはなんとかこらえた。

これからジェレミアの隣にいれば、こういう類の視線は否応なく降り注いでくるものだ。慣れないと、これも練習だ、と思うには思うのだが、頬の辺りが引きつるのだけは止められない。

まだまだだな、と思っていると、中でも年齢の上な使用人が彼らを小突いた。それで我に返った使用人たちは、きびきびと動き始める。

ただ、パオロだけはちらちらとこちらを見ており、微妙に動きが悪い。

まあ確かに、普通に前にしていても存在感のない地味娘が突然こんな格好していたら、びっくりしてついつい見てみたくなる気持ちはわかるが、仕事に集中して欲しい。

と言うか、あんまり見ないで欲しい。

パオラは使用人たちの様子がおかしいことはわかっていたのだろうが、特に何か言うこともなく、使用人たちにそれぞれ指示を飛ばした。使用人たちは慣れた手つきでそれらの品を言われた場所に並べていく。

そんなパオラを見つつ、きっと作品が上出来で嬉しいので、特に叱責もしないのだろうな、とわたしは内心こっそり思った。

やがて、彼らが動きを終えると、まるでこの部屋が店にでもなったかのように錯覚してしまうほど、見事なまでに見やすく品物が並べられた。パオラは満足そうに頷く。

「これでいいわ、では、いつもの仕事に戻ってちょうだい」

「はい」

執事が恭しく頭を垂れると、一斉に部屋を出ていく。それでも、パオロは最後までわたしを驚愕の目で眺めていた。

そんな彼を見て、わたしは次に会うのがちょっと憂鬱になった。とはいえ、彼の作る日本食には興味があるし、知っている記憶持ちで唯一の同時代の日本生まれなのだ。会わないという選択肢はなかった。

なんとなくため息をつくと、パオラが言った。

「さあ、ジェレミアも来てちょうだい。そうね、まずはロレーヌ、この中から好きな生地を選んで」

突然のご指名に、わたしは戸惑った。

特に指定がないということは何でもいいのかな、と考えつつ、夜会服向きではない茶色の生地を手にした。選んだ理由は簡単だ。厚くてふかふかしていてとても暖かそうだったからである。

他には、と見回して、幾つか生地やらレースやらを手にする。とりあえず両手がふさがったので
パオラを見れば、思わず腰が引けるほどの険しい顔をしているではないか。

「あ、あの……」

「もうだめだわ、壊滅的よ、破壊的だわ。天才と言ってもいいほど似合わないものばかり選ぶなんて、貴女は自虐癖でもあるの？」

呆れたような物言いに、わたしは思わず固まった。

「もう、仕方ないわね、一から選び方を教えてあげるわ。とりあえず、全部もとに戻してちょうだい」

言いながら、パオラは額に手を当ててため息をついた。

そ、そんなにひどいでしょうか。まだ素材の段階なのに、何がパオラをそこまで絶望させたんだろう。正直、いつもの毒舌にも冴えがない。いつもならもっとボディにくるパンチのある言葉で精神どころか魂をピンポイントにえぐる発言が飛んでくるのに。

そこまで絶望的だったというのか。

さっぱりわからないまま、とりあえず言われた通り元に戻しつつ、わたしはやっぱりなあという気持ちだった。なぜなら、わたしにセンスがないことなど最初からわかりきっていたことだからだ。

これぱかりは、勉強してもどうしようもない。

なので、今までわたしは割り切ってファッション誌を参考にしてきたのだ。それを参考にしてい

ればそう変にはならないはずと信じてきたのだが、どうやらわたしは自分に似合うものを選ぶことが不得手らしい。

まあ、それについてはジェレミアやパオラに教えてもらえばいいだろう。センスが壊滅的な自分より周囲の助言を期待した方が建設的だろうし。

そう思って顔を上げると、不意にルチアと目が合った。

――え、何かもの凄い殺意を感じるんですけど？

てっきり並べられた生地や素材に目移りしているのだろうと思っていたルチアは、それらには目もくれずにわたしに殺人光線を向けてきている。

内心うろたえかけてから、わたしはようやくあることに思い至った。そうだった、ルチアはパオロが好きなんだった。しかも、よりによってそのパオロはわたしにばかり目を向けていたのだ。

むろん、彼がこっちばかり見ていたのはきっと物珍しかったからだと思うのだが、状況からしてルチアが勘違いしても無理はない。

どう弁解すればいいんだ、と慌てていると、ジェレミアが優しく声を掛けてきてくれた。

「あまり気にしなくていい、姉さんのあれはいつものことだ。それに、君に似合うものなら私が良く知っているから」

「……ありがとうございます」

ジェレミアの気遣いが何だか身に染みた。

「私も一緒に選ぼう、時間はたっぷりあるんだ」

「はい」

優しく肩に触れられ、わたしの意識は一瞬にしてジェレミアだけでいっぱいになってしまった。

なんという反則技、なんという微笑。

それから、ジェレミアも加わった生地選びは、何とかパオラにも納得のいくものとなり、次の段階へ移ることが出来たのだった。

二十四・甘過ぎて死ぬ

ようやく休憩の時間が訪れ、わたしは着替えたままの姿でお茶の時間を楽しんでいた。

髪もドーラが軽く整えてくれたので、このままでいても別に変ではない。と言うのも、後で気づいたのだが、ジェレミアが贈ってくれたドレスは夜会用のものではなく、昼用のものだったのだ。

清楚で品の良いデザインで、いつもの地味で古びたものほどは落ち着かないが、違和感はない。

「気に入ってくれたかい？」

「それはもちろん！　こう、着ていても落ち着かない気分にならないですし、とにかく綺麗で、本当にありがとうございます」

「いや、君があまり姉にボロクソに言われるのも嫌だったから。これで少しは気が楽になるだろう？」

ジェレミアの問いに、わたしは「そうですね」と笑んでみせる。

もちろん、彼がここまで気を使ってくれる背景には、パオラとの最初の出会いが関係している。

あの頃はまだふたりきりになるのははばかられたので、行きはパオラと馬車に乗ったのだが、わたしはそこで精神が疲弊しまくり、魂が抜けた状態になったことがあった。彼は、その時のことを覚えていて気を使ってくれているのだろう。

それはとてもありがたいことだった。

「いや、気に入ってもらえたならそれで十分だ」

言って、目を細めてジェレミアはわたしを見た。

じっと見つめられ、とてつもなく落ち着かない気持ちになる。以前だったら、見られたとしてもこんな風にはならなかった。

その時は視線が合っても偶然だと片づけていたからだ。

わたしはお茶のカップをテーブルに戻し、何だか今、凄く幸せだと思った。

こんな風に贈り物をされ、側にいて、心配してもらって、この先もうこんな幸福はないんじゃないかと考えてしまうほど、幸せだと思う。

「……だが、君はいつも私が贈ったものをあまり着ないように思うんだが？」

思わぬ問いかけに、わたしは驚いてジェレミアの顔を眺めてしまう。彼はやや不満そうな様子でさらに続けた。

「まあ、以前贈ったのは夜会服が主だったから仕方ないが、そうではないものもあったろう？どうしてだか、教えて欲しいんだが。もし私に気を使っているのならはっきり言って欲しい」

――よ、よく見てるっ！

以前はわたしがじろじろと眺める方だったので、彼のことについてはわたしの方が知っていた。今もそれはさほど変わらない。

だからわかる。眺めていると、色々とわかることがあるのだ。つまり、彼はわたしをじろじろと見ていたということなのだ。

脳が理解した瞬間、熱が出たような感じになった。

顔から火が出るとはこのことか！

中々返事が出来ずにいたわたしは、まともにジェレミアの目を見てしまった。すると、彼は少し悲しそうな目をしている。これは誤解を解かないと、と思い、わたしはつっかえつつも声を発した。

「……だ、だって」

「だって？」

「な、何だか着るのが惜しくなってしまって、それに、ジェレミアがいないところで、綺麗にしていても意味がないです、から」

終いの方は蚊の鳴くような声になってしまった。

とはいえ、それが事実なのだ。

せっかく贈ってもらったのだし、彼のいる前で着たいし、身に着けたい。ただ、彼の言うように以前の贈り物は主に夜会などに使うものなので、機会がなかったのだ。

「なるほど、そういうことか。確かに、その方がいいかもしれない」

「え？」

「少し前にも言っただろう？　君が他の男性と親しくしているのは見たくないと、その格好なら目立たないから男が寄ってくる確率が低くなる。私にはその方がいい……君を独占出来るから」

確かに言われた。

くっきりはっきり覚えている。デニスをつけることになった理由を問うた時のことだ。あの時もそうだったが、今も心臓が大変可哀想なことになっている。と言うより、頭がまともにものを考えられないんですけど、どうしたらいいんだ、これ。

「教えてくれてありがとう。さて、そろそろ行かないと姉さんに怒られてしまうかな」

「は、はい」

言われるままに立ち上がるものの、ジェレミアから受けた衝撃で足がもつれた。

「あっ」

そのまま転びそうになるのを、ジェレミアが抱き留めてくれたが、今は至近距離が辛い。

「大丈夫か、疲れたのならこのまま休むよう姉さんに言うが？」

「へっ、平気です！」

そんなことをしたら玩具《おもちゃ》にされる時間が増えてしまう。わたしは必死に足をふんばり、床に足跡を刻むくらいの力で行くんだと言い聞かせる。

するとジェレミアは心配そうに言った。

「それならいいが、疲れたのならちゃんと言ってくれ」

「は、はい。いえ、大丈夫ですから！」

しっかりしろわたし、立つんだわたし、でなければ死ぬ、主に精神が死ぬ。

そう自分を鼓舞《こぶ》し、歩こうと足を踏み出す。すると、ジェレミアはそっと横に回って腕を貸してくれた。その気遣いが嬉しくて、幸せで、わたしの思考にはまたしても霧がかかっていく。

それから何とか公爵邸内の簡易帽子店と仕立屋に戻ったものの、気もそぞろだったわたしは、パオラの言われるままに動いて、何とか全ての採寸やらなんやかやを乗り切ったのだった。

◆

翌日、昨日の疲れをやや引きずりながらもわたしは起きて活動していた。

と言うのも、ようやく手紙の返事が届いたので読みたかったからだ。

わたしは公爵邸の図書室に向かう。そこには書き物机もあるし、手紙を読んで返事を書き終えたら何か本を読もうと思ったのだ。

なぜかと言うと、今日はジェレミアが出掛けているから、暇なのである。ルチアの監視もしなくていいようになったし、すり減りまくった精神を少し回復したいと考えていた。

やがて図書室に着くと、デニスが暖炉を用意してくれており、部屋は暖かい。わたしはありがたいなあと思いつつ、早速手紙を開くことにした。

二十五・嫉妬は怖し

まずはドロテアのものからだ。

紙片を広げて読んでいくと、やはりごめんなさいが多量に羅列されている。別に、彼女のせいではないので、なんとなく申し訳なくなった。そんなドロテアによると、ミセス・モレナは持病持ちで、しかもかなりの面倒くさがりなのだそうだ。

「……その上、趣味が居眠りって、付き添い役として本当に大丈夫なのかな」

なんとなくそんな予感はしていたが、良く知る人物の手紙に書かれているととてつもなく不安になる。しかし、おばのパルマーラ男爵夫人は全く頓着していないらしい。どこまでも娘を信頼しているようで、それらしい人がついていれば問題はないと思っているのだそうだ。けれども、ドロテアは心配なので、気の付いた時だけでいいからわたしにも見ていて欲しいと書かれていた。

わたしはそれについて返事を綴る。

「余裕がある時は必ず見るようにします、と、後は……」

少し唸りながらも、何とか返事を書き終え、わたしは次の手紙を開く。こちらは母からのものだ。

母には、ルチアのことについて相談していた。何しろ、こういう場合にどう対処したら最善なのか、わたしにはさっぱり見当もつかなかったからだ。

「ええと、なになに……恋の病につける薬はありませんって、これじゃ答えになってないよお母様」

身もふたもない母からの返事に、わたしはかなりがっくり来た。何かより良いアドバイスが貰えるかも、と期待したのに、と思いながら読み進めようとした時、部屋に誰かが入ってくるのがわかった。

誰だろうと顔を上げれば、今まさに手紙の内容の九割を占める存在、ルチアだった。

「……少し、良いかしら、ロレーヌお姉様」

「え、ええ、もちろん」

わたしは慌ててガサガサと手紙を折り畳み、読まれないよう手でしっかり押さえる。表面上は穏やかな笑みを浮かべてはいるものの、ジェレミアの時とは逆の意味でドキドキする。

動揺を押し隠し、微笑みを浮かべたわたしの近くの椅子に腰かけたルチアは、綺麗な顔が台無しになるような険しい表情をしている。気のせいだろうか、やっぱり凄い睨まれている気がする。

――や、やっぱり昨日のことかな。

他にこんな様子で話しかけられる理由が思いつかない。出歩けない愚痴《ぐち》なら不満そうな顔をしているだろうし、何かが欲しいというおねだりならこんな今にも暴れ出しそうな顔はしていない。

ルチアは今にもつかみかかりたい衝動を抑え込んでいるような目つきでわたしを見ながらも、なかなか話しだそうとしない。

仕方なく、わたしは自分から口火を切った。

「ええと、何かあったの、ルチア？」

「何かあったの、ではありません。どういうことか教えて下さい！」

まさに憤怒《ふんど》の形相で、ルチアは大きな声を出した。

「な、なんでしょうか」

気圧されたわたしは、思わず逃げ出したくなったものの、そこはこらえる。ルチアはぎりぎりと歯ぎしりでもし出しそうな様子で言った。

「どうして、わたしがお姉様に相談する前と後では、彼の様子が違うんですか？」

「どういうこと？」

「見ればわかるじゃないですか！」

わからないから聞き返したのだが、ルチアは何か妙な思い込みをしているようだ。それがわからないとどうしようもない。

「ごめんなさい、わからないの。あの、もっとはっきり言ってくれない？」

すると、ルチアは忌々しげな様子で増々こちらを睨んでくる。めちゃくちゃ怖い、でも逃げちゃだめだ。しっかりしろ、わたし。

「わたし、いつも彼を見ているからわかるんです。彼、ずっとお姉様ばかり見てる、凄く嬉しそうに、ちょっと悲しそうに……それを見ていると、胸が痛いんです。

以前、お姉様は勘違いかもしれないって言ったけれど、勘違いなんかじゃない、わたしは彼が好きなのよ、だから許せない」

「ゆ、許せないって、わたしは何も」

していない、と続けようとしたのだが、鋭すぎるルチアの一睨みの前に声が出なくなってしまう。

「していないとでも、じゃあどうして彼はあんなに焦がれるような目でお姉様を見ているの？」

わたしの脳裏に浮かんだのは、早く店に来てもらいたいのではないかということだけだった。恐らく、彼は話をしたいのだ。この世界で、お互い初めて同じ国の、同じ時代の記憶持ちと出会えたのである。

しかし、そんなことは全く知らないルチアは続けた。

「お姉様、彼に何かしたんでしょ。婚約者が、しかもあんな素敵な婚約者がいるくせに！」

「ま、待って、落ち着いて話を聞いて！」

「嫌よ、どうせ言い訳する気なんでしょ。そうやって、何でも手に入れようとしたって無駄よ、もうお姉様の言うことは聞かない！」

——えぇぇ～、もう、どうしたらいいの、これ。

言い訳どころか聞いてきたことすら聞かないとはどういうことだ。

わたしはどうすれば良かったんだ。と言うか、パオロがわたしを見るのはそういう理由ではないのに。

「これからは好きにするから、口出ししても無駄よ。わたしの付き添い役はミセス・モレナだもの。彼女はね、わたしが健康でさえいれば何も言わないのよ。お陰で、今まですごく自由にさせてもらったわ。そしてこれからもそうするの、言いたいことはそれだけよっ」

ルチアは勝手に言うだけ言うと、図書室から風の如く出て行ってしまった。残されたわたしは、ひたすら呆然とするしかなかった。

完全にルチアの気配が消えた頃、手元の紙に目が行く。

もう一度畳んだそれを開くと、すぐに見慣れた母の文字が目に入る。それを見て、わたしは乾いた笑いを浮かべた。

「うん、お母様の言う通りだね」

恋の病につける薬はありません。か、まさに今のルチアがそうだ。そこまで激しい恋をしたことなどないので、彼女の気持ちは本当にはわからない。何はともあれ、様子を見るしかあるまい。

「パオロ、うまく躱《かわ》せるといいんだけど」

あまり近づかないようにと頼んではあるが、それにも限界はあるだろう。使用人としての仕事がある以上、客人と関わらない訳にはいかないのである。

わたしは深いため息をついて、ペンを手にした。

二十六・くつろげない

返事を書くのは気が重いが、ミセス・モレナがああいう人間だということを考えると、わたしが報告をしなくてはならない。

母への返事はそれほど苦労ではないだろうし、と考えたわたしは、まずドロテアへ向けての返事を書き始めたのだった。

◆

目の前に、湯気の立つ香り高いお茶が置かれた。

わたしはそれを手にして一口啜る。

「ふはぁ～、ああ、疲れた」

「ずいぶん長くかかりましたね」

声を掛けてきたのはデニスだ。その傍《かたわ》らには、彼女を手伝うドーラの姿がある。今日はそう着飾ることもないので、ドーラは少し暇そうだ。それでも、時間があればどう髪を結うか、その際の小物はなどと考えては何か書き付けているから、退屈ではないようである。

「うん、何でかな、ほとんど出かけもしないのに色々と書かなきゃならないことがあったの。ついでに、生まれて初めて嫉妬されたんだけど、これを喜ぶ人の気持ちがわからないよ……」

このままテーブルに突っ伏したい気分で言う。すでにデニスには素の状態で喋るようになっている。なぜかはわからないが、怖い顔の時以外の彼女は、側にいてもとても気が楽なのである。だからか、ついこうして泣き言をもらしたり、愚痴を言ったりしてしまうのだ。

するとデニスは苦笑した。

「ご苦労なさったのですね。ロレーヌ様はお優しい方ですから、仕方がありませんよ。きっと、ロレーヌ様のそういうところを、ジェレミア様はお気に入られたのでしょうね」

デニスの言葉に、わたしは思わずお茶を噴き出しそうになる。

やばい、こんな良いお茶を噴き出したりしたらもったいないし、何より、淑女として大変よろしくないではないか。

「な、なんで突然そういうことを言うの？」

「いえ、これでも長いこと貴族の方々を見てきたものですから」

「そ、そう」

確かに、ジェレミアも似たようなことを言っていた。でも、わたしは優しくなんかないと思う。ただ、誰かを辛い目にあわせてまで自分が幸せになんてなれないと思っているだけだ。それに、ルチアがあんなに苦しんでいても、わたしには何もしてやれない。この国の制度や法律や、階級社会は変わらない。与えられた枠の中で生きることが当たり前の国なのだ。

ふと、そのルチアの想い人であるパオロのことを思い浮かべる。彼はこの国の考え方や有り方に、なじめずにいるようだった。そんな彼に対しても、わたしは何もできない。

「あまり、悩み過ぎないようにして下さい。ジェレミア様が心配してしまいますよ」

まるで心を読んだようなデニスのセリフに、わたしはぎくりとしたものの、素直に頷いておくことにした。

「そうね、悩んだってどうにかなる問題じゃないなら、悩むだけ疲れるだけよね」

「ええ、そうですとも」

デニスは大きく首肯《しゅこう》して、テーブルに並んでいる菓子や食べ物をすすめてきた。わたしはその中で目に留まったものを口に運びながら、また後でパオロに会おうと決めた。デニスは怒るだろうけれど、放っておくのも後味が悪いのだ。

今日すぐに、という訳ではないが、なるべく早めに会って状況の変化を伝えよう。それから、ジェレミアにも相談しよう。そして、事件が解決したらパオロの店へ行くのだ。

そう考えたら気が楽になって来た。

わたしはもうひとつ、綺麗なお菓子を口に入れる。舌に砂糖の甘さがじんわりと広がり、自然と顔が綻んだ。

◆

さて、これで落ち着いたことだし読書でもしようかな、と思っていたのだが、早々に落ち着かない事態へと放り込まれてしまった。

のんびりとしたお茶の時間を終え、部屋を移して何を読もうかなとページをパラパラめくっていると、唐突にデニスがやってきて、凄腕の殺し屋みたいな表情で言った。

「ロレーヌ様、従僕のパオロが、どうしてもお伺《うかが》いしたいことがあると言って、この応接間に来ておりますが、通しますか？」

「え、えーと、一応通して」

そう返事すると、デニスは厳しい表情のまま扉を開けて、その前に佇んでいた人物を部屋へ招き入れる。その人物、パオロはデニスの視線などやはり意に介さず、すぐにわたしの前まで来ると、恭しく頭を下げた。

「ありがとう、ロレーヌ」

パオロは、妙に熱のこもった声でそう言った。声だけじゃない。頬もうっすら赤いように見える。もしや熱でもあるのだろうかと思ったものの、脳裏に浮かんだのはやはりルチアのことだった。何しろ、好きにすると言っていたから、言葉通り彼にまとわりついているのではなかろうかと心配していたのだが、その通りのことが起こってしまったのだろうか。そのせいで仕事が終わらなくて、休めていなかったのではないか。

とりあえず聞いてみなくては始まらないので、わたしは訊ねた。

「それで、何かあったの？　やっぱりルチアが迷惑を掛けてる？」

「あ、いや……まあ、それなりに」

パオロの返事は微妙に歯切れが悪かった。

ひどく言いにくそうなところを見ると、予想的中のようだ。頭を抱えたい気分で、目を反らしたパオロを見やる。

「ごめんなさい、ちょっと問題が起こってしまって」

よもや、パオロがわたしを好きだと思い込み、嫉妬して暴走しているので警戒して下さいね、とも言えず、曖昧な表現で謝る。

「何とか仕事の邪魔にだけはならないようにしようと思ってはいるんだけど、難しくて」

「いや、俺は大丈夫だよ。ちょっとまとわりつかれたり、眺められたりするのは居心地悪いけど、今までになかったことじゃないし」

——あったんだな、そういうこと……。

頭を掻《か》きつつ、苦笑気味に答えてくれたパオロ。わたしはそういえば、彼もイケメンなのだったと思い、引きつり笑いを浮かべた。記憶持ちとしての方向でばかり見ていたから、うっかり忘れていたのだ。

きっと、同じ職場や、職場で良く会う女性にモテていたんだろう。

何しろ、ジェレミアとこうなるまでは、イケメン観賞こそが最高の娯楽だったわたしが、思わず目を引き付けられたくらいなのだから、当然と言えば当然だ。

むしろ、なぜ慣れていないのではないか、困っているのではないかなんて思ったんだろう。きっとこのところ色々起こり過ぎて疲れていたんだな。きっとそうだ。

「それならいいんだけど、何かあったら言ってね」

わたしは拍子抜けした気分でそう告げた。

二十七・寂しい微笑み

すると、パオロは大変だな、とでも言いたげな様子でわたしを見てから言った。

「ああ、わかった。それはともかく、今日来たのは、いつ店に来てもらえるか聞こうと思ったからなんだ」

それが本題だったのか、彼の表情はちょっと真剣だ。しかし、わたしは小さく唸る。

「やっぱり、無理か？」

「ううん、違うの。ただほら、ここのところ爆発事件が相次いでいるでしょ、しかも狙われているのは上流階級らしいってことなの。それで、今は外に出ちゃいけないって言われてて」

実際、比較的近くで目撃したから、あの時の恐怖は身に染みている。幸い、死者は出なかったというから良かったものの、大ケガを負ったひとならいると聞いて、増々怖くなってしまった。

「行きたいには行きたいんだけど、すぐには無理だと思う。やっぱり、怖いし」

「でも、その事件ってあくまでも上流階級の集まる場所ばかり狙ってる訳だろ。なら、俺のいる店は安全だよ。労働者ばかりが集まるような店なんだ」

「いいえ、そのような場所は別の意味で危険です」

不意に、デニスが発言した。前回の時はずっと黙っていたのに、と驚いて彼女を見ると、まるで愚か者でも見るような目でパオロを見据えている。

やっぱりこういう時のデニスの表情は結構怖い。

「下町では、どんなことでも起こり得ます。犯罪の温床でもあるんですよ。危険人物が一番紛れやすいのがそういうひとの中なのです。そんな場所に、我が主を連れていくのは許しません」

静かに告げるデニス。パオロはその視線を真っ向から受け止め、しばし、静かに睨みあうふたり。

わたしはあまりにピリピリした空気に何も言えなくなってしまった。

やがて、場の空気に耐えきれなくなったのか、先に口を開いたのはパオロだった。

「……まあ、確かに女の子ひとりでなんて不用心っていえば不用心だよな。酔っ払いもいるから、安全とは言いにくいしさ」

「それなら……！」

「だからあんたも来ればいい。それに、婚約者がいるんだろ？　その人も連れてくればいい。俺も絡まれにくい席を確保するから、な、どうしても来て欲しいんだ、頼むよ」

何か言いつのろうとしたデニスを遮り、パオロはわたしを見て懇願するように言った。

正直、そこまで言われてしまっては断りにくい。

ただし、なぜそこまで急ぐのかがわからなかった。店の存続が危ういとか、何か理由があるとしか思えない。

「それなら、行けなくもないと思う」

「なら……」

「でも、何でこの事件が終わってからじゃだめなの？」

心底疑問に思い、わたしは率直に問う。すると、パオロは一瞬押し黙ってから、少し照れたように頬を掻く。

「話がしたいんだ。もっと、もっと……お前はいつか、ここから出ていくんだろうし、そうしたら、会えないだろ」

「そんなに期間は開かないよ？　社交の季節には必ずここへ来るんだから」

「そんなの、かなり先の話だろ？　それまで待てって言うのかよ。もしかしたら、事件のせいで領地へ戻っちまうかもしれないって、不安だったんだよ」

語尾は少し荒げた声で告げ、パオロは横を向いた。

何だかふてくされているように見える。まさか彼がそんな態度に出るとは思っておらず、わたしは罪悪感で胸がちくりと痛んだ。

もしかしなくても、パオロはわたしと違い、かなり前世の記憶が鮮明な方なのではないだろうか。そういう人物は、前世と今世の違いに耐えられず、精神を病んだという話も読んだことがある。もちろん、作り話ではなく、記録として残されていたものだから本当のことだ。パオロにそんな風にはなって欲しくない。

「他にも護衛役を連れて来たっていいんだ、俺は」

「わかった」

わたしはさらに条件を提示しようとしてくるパオロの声を遮ってきっぱり言った。

言ってしまった。

「ロレーヌ様！」

デニスが今にも詰め寄らんばかりに驚愕した様子で呻く。それを見て悪いことをしたような気がするが、パオロの頼みを聞かないのも胸が痛む。

「ごめんなさい。でも、あなたには絶対についてきてもらうし、ジェレミアにも事情は説明する。それならいいでしょう？」

「く、しかし……」

どうしても納得出来ないらしいデニス。しかし、そんな彼女をよそに、パオロは嬉しそうにわたしのところへ来ると手を取った。

「ありがとう！　良かった、もしかしたら、このままろくに話も出来ないで帰られるんじゃないかと思ってたんだ」

「どうしてそう思うの？　わたしだって前世の話が出来るひとに初めて会ったのに。そんな簡単に忘れて帰るなんてしないし、出来れば連絡を取り合えたらなと思ってるのに」

あまりに心外なパオロの言い分に、わたしは少しムッとした。たとえ周りが強制的にバルクール領に戻したとしても、パオロと連絡を取れる手段を探らない訳がないではないか。

「だよな、ごめん。ただ、あんたにはちゃんと家族も恋人も友人もいて、この世界での居場所があるからさ、そこへ俺が入れる訳ないし」

「何言ってるの、あなたはもう友達じゃない」

少なくとも、わたしはそう思っている。まだ知り合って日は浅いが、縁は浅くないのだ。この世界でわたしが知る唯一の、同じ時代、同じ国の前世を持つ人間。

関わりを持たないで暮らすことは難しい。

「そっか、うん、そうだよな」

「そうだよ」

大きく頷きながら言うと、パオロはやはり少し寂しそうに微笑んだ。なぜそんな表情をするのだろう。もしかしたら、先ほどの言葉に秘密があるのかもしれない。

彼は「あんたはちゃんと家族がいて」と言っていた。それではまるで、彼にはそういう人がいないように聞こえるではないか。

微妙なことだけに口にするのは難しい。

「それじゃあ、良い返事を期待して待ってる。話がついたら呼んでくれ、それまでに何を作るかもっとじっくりと考えておくからさ」

「わかった、何とか頑張ってみる」

「じゃ、仕事に戻る」

パオロはそれまでずっと握っていた手を名残惜しそうに放して、いつもの優雅な従僕に戻って去って行った。

その温もりが妙に手に残って、わたしは困惑した。

二十八・怒りのジェレミア

パオロの去った方向を見ながらわたしは思った。彼のわたしを見る目が、なんとなく以前と違うような気がする。ただし、あくまでもなんとなくだ。例えるなら、今まで子ども扱いだったのが、突然大人として見るようになったというのが近いだろうか。

「気のせいか」

そうつぶやいて、考えるだけ無駄だと割り切る。もしかしたら、頬も赤かったことだし、パオロは本当に具合が悪かったのかもしれない。だとしたら、あんな必死に店に来て欲しいと言った理由もわかる。具合が悪いと、いいしれぬ不安を感じるものだ。前世で寝込むことの多かったわたしには良くわかる。

「そうだよ、うん、納得」

パオロの態度の違いにどうにももやもやしていたが、結論が出るとすっきりした。なので、それまで視界に入らなかったものがようやく入ってくる。

そう、例えば、壁に手をついて何か悩むデニスとか。

「って、え？　デニー！　どうかしたの？」

「……いえ、何でもございません。ただ、私はもし、ジェレミア様がこの件を了解なさってしまった場合にどのようにすればロレーヌ様を完璧にお守り出来るか考えていただけです。他にも、ロレーヌ様がこの件を諦めるにはどういう手を打つべきか、なども」

――わぁ、言っちゃだめなことまでだだ漏れてる。

そこまで心配させたのか、と思うとやっぱりやめておくべきなんじゃないかと思うのだが、パオロの表情を思い返し、同時にあの記録を思い出すと、居ても立ってもいられなくなるのだ。申し訳ないが、ここはこらえて欲しい。

「わがまま言ってごめんなさい。でも、どうしても行きたいの」

「そのようなことを仰らないで下さい、ロレーヌ様。私の役目はただ貴女様をお守りすること。そのためには命も掛けます」

「ええ！　いや、命までは掛けて欲しくないから。わたしが頼れるのはあなたしかいないのに」

心からそう思って言うと、デニスは何かとんでもないことを言われたようによろめき、わたしの足元にうずくまった。な、なんか悪いことを言ってしまっただろうかとうろたえると、デニスは言った。

「何ということ、これほど必要とされたのは生まれて初めてだ。ロレーヌ様……私、デニス・ランデッガー、カスタルディ家に生涯仕える所存でしたが、このままロレーヌ様の元にとどまりたく思います」

床に膝をつき、騎士の宣誓みたいなことを言われたわたしは余計うろたえてしまった。

これはどうしたらいいのか。

「ぜひ、お側に置いては下さいませんか？」

見れば、デニスの目に涙が光っている。これは、ちゃんと考えた方がいいのだろうか。とりあえず、わたしは言った。

「あのね、わたしは構わないんだけど、ほら、ジェレミアに相談したりお父様に相談したりしないと。わたしの一存じゃ決められないことだから、すぐに返事は出来ないわ」

「はい、わかっています。ですが、私の気持ちは変わりませんから」

――それは困ったな。

まあどの道、いずれはジェレミアとは結婚することになる。それに、彼はこのままデニスをわたしにつける心積もりのようだから、放っておいても問題はない、はずだ。

「そ、そう。えーと、とりあえず、ようやく休めそうだからこのままここで本を読むわね」

「はい、見張りはお任せ下さい」

いや、公爵邸内でそれはいらないだろう、と言いたかったが、わたしは何も言わずに本を手に取った。

思わずため息がこぼれる。

少しだけ、心を休めたかった。

◆

翌日。

朝食後、ジェレミアに温室に呼び出されたわたしは、彼が険しい顔をしているのに気づいて足を止めた。

何だろう、怒っているように見えるのは気のせいではない。まあ、怒った顔も冷たさが増して、酷薄な悪魔みたいでそれはそれで見惚れてしまうのだが、近づきたくはない感じだ。

だが、ここまで来た以上近寄らない訳にもいかず、怒気を発する麗しいひとの側へ、そろりそろりと歩み寄る。

「ロレーヌ、話はデニスから聞いた。諦めろ」

まだ何も言っていないのに、彼は突然そう告げた。わたしはそれがパオロに関する話だとすぐにわかった。

そして、ジェレミアの怒りの理由にも察しがついた。

わたしはため息交じりに言った。

「あの、ただ食事しに行くだけなんですが？」

「それでもだめだ。少なくとも、王都が物騒ではなくなるまで、治安の良くない場所には行かせない」

「そうですか」

なら、何とか連絡手段だけでも手に出来ないだろうか。パオロをあのまま放っておくのは、やはり気がかりだった。どうしたらいいだろう、と思いつつため息をつくと、ジェレミアが少しうろたえたように言った。

「あ、……いや、君の気持ちも理解は出来る。彼のことは聞いたよ、デニスはかなり怒っていたが、かつて君たちが生きた国というのは、階級が存在しないらしいな」

「はい、少なくともわたしの国はそうでした」

今まで、ジェレミアにだけでなく、家族にすら前世のことはさほど話しては来なかった。一番の理由は、話したところで理解してもらえないような気がしていたからだ。

だから、聞かれたことには答えるが、それ以上何かを伝えようと思ったことはない。なので、ジェレミアの質問はわたしにとって意外なものだった。

「正直、私には踏み込めない領域だから、あの従僕が妬《ねた》ましいよ。しかしそんな理由で君から過去を取り上げることはしたくない」

「ジェレミア……？」

いつもより固い雰囲気の彼に、思わず声を掛ける。こんな様子の彼は初めて見る。わたしは思い切り狼狽《ろうばい》した。

ジェレミアは、一体何をそんなに思いつめているのだろう。

「だが今はとにかく、店には行かないで欲しい」

真っすぐに見つめられ、わたしは呼吸が止まるかと思った。こんな真剣な顔を見るのは久しぶりだ。心から、わたしを心配してくれているのがわかる。

嬉しくて、胸の辺りがじんじんと痺《しび》れるようだ。

――でも。

「グリファルバの記録ってご存知ですか？」

「……いや、何かの本か？」

「はい。この世界の記憶持ちたちについて興味を持った学者が書いた本です。わたしは、以前それを読みました。そこには、幸せになった人から、過去に取りつかれて自害した人まで、様々な記憶持ちたちが出てきます。筆者は、より鮮明な記憶のある者ほど不幸な結末を辿ると結論付けていました」

知らず、ぎゅっと両手を握りしめる。指先や節が白くなるほど、強い力で。そうしていないと、怖かったから。

二十九・甘苦い思い

このまま、ジェレミアの言うことを素直に聞いて、わかりました、行きませんと言うことはすごく簡単だ。

けれど、関わってしまった以上、あのままで放っておくなんてわたしには出来ない。何も、近くにいて相談役になろうなんて思っていない。わたしには、もう大切なものがある。

だから――。

「わたしには、パオロもそういう人に見えるんです。ですから、連絡をとりあうことは許して頂けませんか？」

言った。言ってしまった。しばしの間が空き、重苦しいため息と共に返事が返って来た。

「……わかった」

さも渋々といった、心底嫌そうな声音ではあるが、ジェレミアは頷いてくれた。わたしはその言葉に安堵して気が抜け、その場にしゃがみこみそうになるが、そこはこらえた。

「ああ、ありがとうございます。良かった、こんなこと言って嫌われたらどうしようかと」

「何を言っているんだ、私が君を嫌う訳がないだろう」

「でも、完全にわたしのわがままですし。いくらわたしがジェレミアを好きで仕方なくても、一緒に生きられたらと願っても、何かのきっかけで気持ちが離れたとして、引き留められる自信はないですし」

今まで緊張し過ぎていたせいか、いつもなら言わないセリフをペラペラ並べてしまうわたし。終いにはごまかし笑いを浮かべ、何でもいいから返事が来ないかな、と思ってジェレミアを見る。

すると、彼は手の甲を口に押し当てた状態でこちらを睨んでいるではないか。やばい、何か失言したかもしれない。そう思ってわたしは慌てた。

「あああの、今のは安心して心の声が出てしまっただけで、すみません、聞かなかったことにして下さい！」

「……だ」

「へ？」

「嫌だと言ったんだ。聞かなかったことになどしない」

怒らせた！

わたしは青くなったが、ジェレミアはそんなわたしに構わず、先をつづけた。

「それより、もう一度聞きたい」

「へ？」

「君が、私のことをどう思っているかもう一度聞きたい、と言ったんだ」

気づけば、かなり近い距離に来ているジェレミアをぽかんと見つめる。それから、ゆるゆると彼の言ったことが理解されてきた。

それはつまり、再度告白しろと言っているようなものだった。

「も、もう一度なんて、どうして」

「いつもの君は、あまりそういうことを口にしてくれないだろう。たまには、確認しておきたいんだ。もう一度、言ってくれないか？」

切なげな瞳でこちらを伺うように見つめられ、頭が爆発しそうになる。

なんという目で見るのだ。そんな顔をされたら嫌だなんて言えないではないか。それでも、羞恥心が口をふさいでなかなか声が出てこない。

ジェレミアは黙ってこちらを見つめたままだ。

いたたまれない、いたたまれなさすぎて煙のように消えられたらと思わないではいられない。しばしの沈黙の後、わたしは観念した。

「ずっと、一緒に生きて行きたい、です。好き、なんです」

言ってしまうとあまりのことに顔を両手で覆い隠す。こんなことを繰り返せだなんて、何て意地が悪いんだと思うが口には出来ない。

心の中で七転八倒していると、顔を覆った手を掴まれた。抵抗するが、もちろん力でかなう訳もないので、そのままムリヤリ引きはがされ、顔が露《あら》わになってしまう。

「や、やめて下さい」

「君は今まで私のことを散々眺めてきたじゃないか。なのに、自分はその可愛い顔を見せてくれな

いなんて、ひどいな」

「かっ！」

可愛い訳がないと言おうとしたわたしだったが、ジェレミアがあまりにも嬉しそうなので、何も言えなくなってしまった。

それから少しの間、ジェレミアは混乱したわたしをあれこれからかい、見られたお返しだと言っては見つめるので、心臓がどうにかなるかと思った。これじゃ拷問だ、と思いつつ、嬉しそうな彼を見るとやっぱりわたしも嬉しい。

それでも、そんな甘い拷問から解放される頃には、結局疲れ切ってぐったりしてしまったのだった。

◆

それから三日経ち、わたしはようやく覚悟を決めることにした。

もちろん、パオロのお願いについてである。

ジェレミアやデニスの協力を得て、こちらでパオロと連絡を取り合ってくれそうな人間がいないか探し、引き受けてくれそうな人物が何人か見つかった、と言われたことで、気持ちが定まった。

「断るのは気が重いな、本当はすごく行きたかったのに」

「機会は必ずまた訪れますよ。それに、雇い主がレディ・アストルガなのですから、彼が生活できなくなることもありませんし」

「そうよね」

もはやわたしの影のように傍らに佇むデニスの励ましに気を取り直すと、その時を待つ。もうパオロに、わたしがこの応接間で待っているという旨《むね》の連絡はいっているはずだ。

早く来ないかな、と思いつつ扉の方を眺めていると、足音が聞こえた。次いで扉を叩く音がした。来たのだろうか、そう思って身を固くしたわたしは、拍子抜けしてしまった。

扉を開けて入って来たのは、この公爵邸の執事だったからである。

「お待たせいたしました。ロレーヌ様、申し訳ないのですが、パオロはここへ来ることは出来ません」

「え、どういうこと?」

「彼は、ここを辞めました」

素っ気ない執事の言葉に、わたしはただ驚くばかりだ。あれからパオロの姿を見ないと思っていたことは確かだが、何かの用事で出かけているとばかり思っていたのに。

「ど、どうして?」

「さあ、一身上の都合だとかで、私にはわかり兼ねますが、とにかく、これを預かっていますので、よろしければ」

執事はそう言うと、丁寧に折り畳まれた紙片を渡してよこす。わたしはそれを手にして、すぐに広げた。

「……どこかの住所のようですね」

デニスがざっと紙面に目を走らせて言う。

彼女の言う通り、そこには知らない場所の住所が書かれていた。ここに、一体何があるというのだろう。

それに、どうしてパオロは黙って姿を消したのか。

わからないことだらけで、わたしは眉間に指を当ててため息をつく。とりあえず、この住所について調べなければ。今出来ることは、それくらいしかなかった。

《次巻へ続く》

番外編　転生しても体裁は大事

「君の小さい頃の話が聞きたいな」

向かいに座る美麗顔の持ち主が、突然そんなことを言った。

わたしはロレーヌ・バルクール。

この世界に生まれ変わってから初めて、恐ろしいほど幸せすぎて脳みそがスライムになったような気がするという体験を絶賛経験中な十八歳だ。

というのも、神様が前世のわたしを不憫《ふびん》に思って下さったんだろうな、としかこうなる理由が思い当たらないような、そんな出来事がつい三日ほど前にあったからだ。

それは、目の前におわす高嶺の花の男性版みたいな、超美形の侯爵子息、ジェレミア・カスタルディに愛を告白されてしまったのである。いつ思い出しても、全くこれっぽっちも実感がわいてこないのだけれど、テーブルの上でわたしの手を覆っている優美な手もちゃんと存在しているし、こちらを見る目が何やら突き刺さりそうなのも夢ではない。

その上、カスタルディ侯爵やその夫人、さらには彼の姉のパオラにもすっかり未来の花嫁扱いをされていたりする以上、これは現実なのだと理解出来る。でもまあ、やっぱり実感はわかないけれども。

ちなみに、今わたしがいるのはカスタルディ家所有の、いわゆる別荘のような場所の、日当たりの良い茶室である。もう侯爵夫人主催の集まりは解散しているのだけど、わたしはもう少し残るように乞《こ》われたので、こうしてジェレミアとお茶をしている。なので、ここにいるのはジェレミアとわたしとドーラ、少数の使用人に、お目付け役で残ったカスタルディ侯爵夫人くらいだ。

ほんの数日とはいえ、こうして語らえる時間が得られて、嬉しいやら心臓に悪いやら、寿命の縮むような時間を過ごしている。そんな訳で、今日もこうして語らっており、話の流れでわたしの記憶の話になった。そして、先ほどの質問に至るわけなのだが……。

「ええと、小さい頃って、例えばどういう？」

漠然と幼少期について教えて、と言われてもどう答えたらいいかわからない。基本的に、ちょっとぼんやりした子どもだった、くらいしか言えることはない。

「そうだな、何でもいいんだが、君のことはどんな些細《ささい》なことでも知りたいから」

ジェレミアはそう言うと、愛おしげな眼差しでじっとこちらを見る。

うう、そんな熱視線送らないで欲しいんですけど。わたしなんかをそんなに見ても驚くような発見なんか出来ないだろうに。いくら見たって、視界に映るのはちょっと挙動不審な地味娘でしかない。かといって、目を反らすこともしたくない。

わたしは、彼の見た目がこの世で一番好きなのだ。もちろん、中身も好きだけれど。ええい、とにかく気を反らさせよう、そう思って口を開く。

「それじゃあ、何を話したらいいかわからないじゃないですか」

「ああ、確かに。なら、ずっと聞いてみたかったことにしようか」

「聞いてみたかったこと？」

「ああ。君は記憶持ちだが、そのせいで何かひととは違う苦労を経験しているんじゃないか？　君について調べた際、記憶の蘇り方は人それぞれだと知ったが、君はどんなだったんだ？」

「ええと、そうですね、わたしは、少しずつ蘇ったんです」

答えつつ、その当時のことを思い返してみる。

わたしの場合は、一年に二つ、三つとかそんなペースで記憶が戻ったので、順応はしやすかった方だと思う。それに――。

「最初は違いに戸惑ったりもしましたけど、家族や家族同然の使用人たちが支えてくれたので、辛かった記憶はそんなにないです。まあ、全くなかった訳でもないんですけど」

「やはり、苦労はしたんだな。どんなことがあったんだ?」

問われて、わたしはすぐにひとつの出来事を思い出す。今思い返すといい思い出ではあるけど、その時はなんでこんなことに、と思ったものだ。けれど、他に話せることも思いつかないので、わたしはそのことを話してみようと思った。

「ええと、あれはわたしが十一歳の時だったんですけど……」

◆

この世界は、わたしにとって異世界だ。

それは、わたしが前世の記憶を持っているためだ。記憶がなければ、異世界だなんて思うこともないし、どうしても噛みあわないようなことが出てくることだってない。

それが最初に発覚したのは、わたしが洗濯をしている使用人に、

「ぜんぶ手で洗うなんてすごいね」

と言ったことがきっかけだった。彼女は笑いながら、

「手で洗わないで何で洗うんですか？」

と答えたので、わたしが洗濯機について説明をするとものすごく驚かれた。他にも似たようなことはあった。例えば、魚を生で食べる話をしたら嫌がられ、夏には避暑地へ行くのではなく、部屋自体を冷やせばいいのにと言って変な顔をされたりした。

そんな中でも、わたしが一番理解しづらかったのは、身分とか立場をわきまえた振る舞いだった。知らなかったわたしは、使用人の子どもと普通に話をしたり、お菓子をわけあって遊んだりしていた。けれど、そのことを怒られて初めてこれがいけないことだと知ったのだ。

わたしなりに努力はしたのだけれども、これがどうにも直らない。見かねた両親は、もうそろそろ時期だろうから、とわたしに良いと評判の家庭教師をつけてくれたのである。

◆

いつものように起きて、身支度をし、勉強のための部屋へ行く。そっ、と扉から中を見ると、そこで勉強の用意をしていたプランクさんと目が合った。彼女は地味なドレスできっちりと全身を覆い、茶色い髪はきっちりと結い、教師ですと主張するような眼鏡を掛けている。

どことなく、わたしと印象のかぶるひとだ。もちろん、かぶる部分はお互い「地味」ですね、というところである。そんなことをこっそり思っていると、プランクさんが口を開いた。

「おはようございます、ロレーヌ様。ちゃんと時間通りに来られたのですね、いいことですよ」

「は、はい」

返事をすると、プランクさんはにっこりと笑う。そうしていると、割と魅力的に見えるんだけど、悲しいかな、眼鏡の奥の目が笑っていない。

「さあ、今日は言葉を学びましょう。淑女たるもの、優美な手紙を書けることはとても大切です。より良い殿方に嫁ぐためにも、絶対に必要なことですよ。しとやかな振る舞いだけではぼろが出てしまいますからね」

言って、ペンを手に取り、わたしは言われるままに机についた。

前世でも今世でも、あんまり脳みその出来が良くないせいか、あんまり勉強は好きじゃない。覚えたことの十のうち、半分くらいは寝て起きると消失している。どこへ行ったんだ、帰ってこいと叫んでも、戻らないものは戻らない。

わたしはため息をつきつつ、勉学に励んだ。

彼女が教えてくれることは、学校での勉強と違って知識を詰め込むようなものではなく、これから上流階級の子女として必要になるような教養だった。

これがわたしにはとんでもないことばかりだった。

まずピアノ。こんなの才能がなきゃ無理に決まってるじゃないか、と何度心の中で叫びつつ指がつりそうになったことか。それから、礼儀作法。おじぎの角度がどうのと面倒この上ない。けれど、絵について学ぶのだけは楽しかった。

そんなこんなで、その日のやることを終えたら、批評をもらう。

「今日は中々良かったですよ。これなら、きっと馬鹿にされることはないでしょう。そうすれば、将来は安泰ですよ。そう、わたしには叶えられなかったのですが、ロレーヌ様ならば叶えられます。それこそがわたしの野ぼ、じゃなくて夢ですし、思い知ら……ではなく、叶えたいのです」

うふふ、と上品に笑ったプランクさん。そんなことしても本音がダダ漏れているので意味がないよ、と言いたいが、微妙に笑顔が怖くて黒くて、言えない。

さらに彼女は続ける。

「最近わかったのです。誰よりも、ロレーヌ様こそわたしが全力を注ぐのにふさわしいお方だと。そこらの派手で顔が綺麗なだけの尻のかる……あらいけない、とにかく、淑女ならではのしとやかで美しい振る舞いを身に付け、誰しもに羨まれる方に嫁いで頂くのです。そのためだったら、どんな努力も惜しみませんとも」

興奮した様子で言うプランクさん。何でそんなに熱心になるのかわからないけど、その笑顔はめちゃくちゃ怖い。何か、どす黒いオーラが見える気がするんですけど。

なので、解放されるや否や、わたしは飛ぶように自室へと戻ってしまったのだった。

◆

そんなことがあって、二日ほどたった朝食の席。

家族の集まったテーブルは何とも重苦しい空気に包まれていた。遅れてきたわたしは、そのどろどろとした空気に怖気《おじけ》づき、思わず兄に声を掛けた。

「お兄様、何があったの?」

すると、うんざりしたような顔で言った。

「夫婦ゲンカ……ロレーヌの教育方針でもめてるみたいだよ」

「わたしの?」

言われて、父と母を交互に見る。

父は気まずそうな様子で、母は恐ろしいほど冷たい表情をしている。わたしの母は、蜜色のつややかな髪と目をした美女なので、そんな顔をされるとものすごく怖い。

父だからこそ耐えられているが、こちらへ矛先《ほこさき》が向いたりしたら困る。

わたしは急いで食事を済ませようと席について、祈りを捧げるとすぐに手近な飲み物に手を伸ばした。だが、そうは問屋が下ろさなかった。

「どうしても、おやりになるおつもりですか?」

冷え冷えとした声がこっちにまで突き刺さってくる。

——あれ、今わたし何飲んだんだっけ。味とか全然わかんない。

ついでに全身が緊張してきた。こ、こういう場合はどうしたらいいんだろう。そうだ、兄ならきっとこういう場面になってもなんとかする術を知っているかもしれない。

そう思って兄を見ると、彼は何だかうつむいていた。

良く見れば、お腹を押さえている。どうやら腹痛を起こしたらしい。

わたしはそれを見て、逃げ場がないことを悟った。

もう、早く終わるのを祈るしかない。

「うん、ロレーヌの将来を思えば、今のうちにしっかり教えておくべきだと思うんだ。だって、みんなに仕事を命じることすらためらって自分でやってしまおうとするんだよ？」

「あの家庭教師の入れ知恵ですか？」

「……入れ知恵なんて、彼女は真面目にロレーヌの将来を心配してくれているよ？」

家庭教師、ってプランクさんがどうしたというのだろう。

少し興味がでてきて、口をモソモソと動かしつつ耳に意識を集中する。

「どうだか。どう考えても自分のためでしょう。あんなことがあったんですからね、それが悪い形でロレーヌに影響しないとは限らないじゃありませんか。今回のことだって行き過ぎです」

「君の言っていることは正しいと思う。それでも、正しさだけが全てじゃないってこと、正しいことをしていれば状況が改善するかというと、そういう訳ではないこと。君は知っているだろう？」

「でも、まだ子どもなのよ？」

「だからいいんだ。柔らかいうちじゃないと、より良い方向に変えられないから」

母は不機嫌そうに黙り込む。

父は苦笑気味に、カップに口をつけた。

何だか、プランクさんについての話はあいまいなまま終わってしまったようだ。

あんなことって一体何のことなのか、ちょっと知りたかったのにな。知れば、あの黒い笑みの意味もわかるかもしれないのに。

残念に思いつつ、興味をなくしたわたしは黙り込んだ両親を眺めた。

いつものことなのだけど、こうして並んでいるのを見ると、やっぱり不思議だ。父はすごく地味なひとで、とんでもない美女なわたしの母と並ぶと霞んでしまうほど存在感が儚い。どうして結婚したんだろうな、とつい思ってしまう。

すると、母が大きくため息をついた。

「それでも、わたしは嫌よ。最後まで反対しますから」

「うん、いいよ」

「もしロレーヌに何かあったら、罰として一週間わたしの美容薬を飲んでもらいますよ」

「……う、わかった」

さすがの父も、母の言葉に呻いた。

わたしはなんでそんなに父が青くなっているのかわからず、首を傾げる。美容薬ってなんのことだろう。もしかして、いつも母が飲んでいるあの緑色の濁ったどろどろとした凄まじい匂いのするもののことだろうか。

確かに、青汁百杯分をさらに濃縮したような物体は飲みたくない。

わたしは心の中で、父よ頑張れ、と思った。

「クラウディオ、あなたもですよ」

「うえっ、何で僕まで」

「ポールから聞いていますよ。妹は大切にしなさいって言ったでしょう。女の子なのですから、それに、この話に反対するどころか面白そうと言ったそうね」

兄は父より青ざめて黙り込んだ。しかも、さらなる恐怖でお腹がかなりヤバそうだ。

「三日でいいわ。それで反省なさい」

「はい、ごめんなさい」

冷たく言ったあと、母はいらだたしげに席を立ち、そのまま出て行ってしまう。不思議そうに母の出て行った方を見ていたわたしに、父が言う。

「ロレーヌ、早く食事をしてしまいなさい」

すると、父がいつもの穏やかな表情で言った。わたしは思わず問うた。

「お父様、お母様はどうなさったの？」

「お母様は今ちょっと神経の状態が良くないんだよ。そっとしておいておあげ」

「……はぁい」

納得いかないものの、今日も勉強がある。時間に遅れるとプランクさんに怒られてしまう。わたしは仕方なく、急いで食事をして、食堂を出た。

◆

あのよくわからない朝食から二日たった。

父と母はあれ以来、険悪になることもなく、あの時の様子が嘘だったようにいつもの様子に戻ったので、わたしは父の言うように何か辛いことがあったのだろうと思って納得していた。

と思いつつ、邸の廊下を歩く。外は晴れていて、のんびり木陰で読書、なんてことをしてみたいような陽気だ。今日はプランクさんからの宿題もないし、ゆっくりしようかな。

何にも起こらない日常っていいなあ。これぞ至福。平凡で平和が一番。素晴らしきかな、退屈な日々。気になることや変なことがあると本も読めないし……。

わたしはそんなことを思いつつ、頭に読みかけの本を思い浮かべた。よし、じゃあ書斎に取りに行こう。父もどうせそこにいるから、許可をもらえば問題ない。

わたしはそう思って書斎に向かう。

そして、扉が見えてきた、その時だった。

「……決めたのだ！　これ以上は雇っておけん、首だ」

突き刺さるような怒声が、部屋の中から響いた。

「なっ、なに」

思わず驚いてその場に立ちすくむ。

「そんな、どうかお考え直し下さい！」

「もう……いい、君の意見はいつも先走ってばかりだ。私はロレーヌにきちんとした女主人になってもらいたい。そのためにわざわざ評判の良かった君を雇った。だというのに、何も変わっていないのはどういう訳なのだ。これでは意味がない。……君の努力は認める。だが家庭教師は別の者を呼ぶことに決めたのだ。時間は待ってくれない。

今までの働きに免じて紹介状は書こう、……だが、とにかく出て行ってくれ。私は忙しいんだ」

「そんな……！」

「聞こえなかったのかね？」

冷酷にすら響くこの声は、何と、父のものだった。

しかも、その怒声はかなり離れたところにいるわたしの耳にも届くほどだ。いつも決して声を荒らげない父に対して、びっくりするやら怖気づくやら、わたしはそこから動けなくなってしまった。

すると、突然扉が勢いよく開いて、中から誰かが飛び出してきた。

「プランクさん？」

「……っ、ロレーヌ様……、申し訳、ありません」

唐突に謝られ、わたしが反応出来ないでいる間に、目を赤くした彼女は疾風の勢いでどこかへ走り去ってしまった。小さい竜巻が通りすぎたかのごとく、呆然としてしまったわたしは、そろそろと書斎へ入ると、父に問いかけた。

「お父様、今プランクさんが出て行ったけど、どうしたの？」

「ああ、ロレーヌ。良いところに来た。実はね、家庭教師を変えることにしたんだよ」

突然の父の言葉に、わたしは目を丸くした。

「評判が良かったから、私も騙されてしまったけれど、彼女には良くない経歴があったんだ。次はもっと良い人を探すから、しばらく我慢しておくれ」

良く言えば穏やかな、悪く言えば何を考えているのかわからない表情の父に、わたしは言った。

「わたし、そんなの気にしないよ。プランクさんのままでいいよ」

「もう決めたんだ。大丈夫、プランクさんにはちゃんとお仕事を見つけるから」

「でも……」

泣いてたよ、と言おうとして、わたしは父の困ったような笑みに口をつぐむ。それは、これ以上何を言ってもだめだとすぐにわかるような表情だった。

わたしはうつむいて、書斎を出ていく。父は引き留めなかった。

そのままとぼとぼと歩いて、部屋へ戻る。戻っても、そこにあの黒い笑みを浮かべた堅苦しい地味な女の人の姿はなくて、ため息をつく。なんとなく寂しい。ついでに、すれ違った際に見た悲しげな顔が思い出されて、ますます落ち込んでくる。

――これって、わたしがだめだからかな。だから、もっと優秀なひとが必要になったのかな……。

そう思っても、どうにもならない。

けれど、わたしは諦めたくなかった。

わたしが装いにこだわらないことを咎《とが》めなかったのは彼女だけなのだ。

この国では、女性は綺麗に着飾って愛想よく笑っていればいいというのがごく当たり前のことになっている。でも、わたしはそれが苦手で、どうやってもうまくなれなかった。そんなわたしにプランクさんは、装いが苦手な女の子がいたっていいのよ、と笑ってくれたのだ。

だからわたしは、この人に教わり続けたいと思った。

何とか父を説得して、プランクさんに続けて教えてもらいたい。でも、どうしたらいいのだろう。

何にも思いつかない。わたしは自分の脳みその出来を呪った。こんな時に何にも浮かばないのが悔しい。

とにかく、もう一度父とちゃんと話をするのだ。

わたしは、少し時間を置いてから書斎を訪ねたが、父はすでにいなかった。しかも、この日の夜は帰ってこず、わたしは途方に暮れた。

◆

翌朝、何とかして父を捕まえようと邸中をうろついたが、いない。

――おかしいな、ホーファーさんの話だと帰って来てるらしいんだけど……。

ホーファーさん、とは我がバルクール家の執事だ。初老にさしかかった彼は真面目な人で、嘘は言わない。少なくとも、今までは嘘をつかれたことはない。

だから、いるはずなのだ。

わたしはしばらく邸をさまよい、昼過ぎには疲れて外の木の下に座り込んだ。降り注いでくる日差しは暖かくて、気が抜けそうになる。すると、馴染んだ顔が声を掛けてきた。

「ロレーヌさま、今日はおべんきょうおやすみなんですか?」

「ドーラ」

そこにいたのは、使用人の子どもの一人でドーラという少女だった。かつては良く話をしたのだけれども、けじめをつけるという意味で今は話したりすることはあまりなかった。

「ええ、そうなの」

「よかったですね、いつもいやがっていましたから」

ドーラの明るい笑顔に微妙な笑みを浮かべつつ、わたしはまあ、とかそうね、とか返した。まさか邸を亡霊よろしくさ迷っていたなんて言えない。

「でも、なんだかおげんきがありません。どうかしたのですか？」

そう言って、心配そうな顔をしたドーラに、わたしはためらいながらも言った。

「……わたしのせいで、プランクさんがやめさせられてしまって、何とかしたいんだけど、お父様はいないし、プランクさんもどこにいるかわからないの」

「なら、だれかにきいたらいいんじゃないでしょうか？」

そう言えば、まだ話を聞いていない人がいる。わたしはドーラにお礼を言うと、すぐに厩舎《きゅうしゃ》へ向かう。そこには、まだ若い馬丁がいて、わたしは彼に声を掛けると必死に父かプランクさんを知らないかと訊ねた。彼は、少し考えるそぶりを見せてから言った。

「旦那様に言っちゃいけないと言われていたんですが、そんなにお会いになりたいならご案内します。お二人とも、村に行っているんですよ」

「本当に、ありがとう！」

「いいえ、でも俺が言ったって言わないで下さいよ。さあ、行きましょうか」

「うん」

わたしは頷いて、馬丁が用意してくれた小型馬車に乗り込んだ。

◆

「すまないね、ロレーヌ様」

言いながらも、本気で申し訳なさそうには見えない馬丁の顔を見ながら、わたしは声を出すことが出来なかった。

「大丈夫です、ちゃんと入用のものを頂ければ、お帰りになれますから」

しばらくここでじっとしていて下さいね、そう言うと、彼はどこかへ消えてしまった。ぱたりと閉じられた戸の向こうで、がちゃりと音がする。カギを掛けられたのだ。わたしは呆然としたまま、固い椅子に座りこんだ。

あの後、馬丁について村に一軒しかない宿屋兼酒場兼食堂に行き、そこで突然この部屋へ放り込まれて、閉じ込められ、今に至るというわけなのだけど、これってあれだよね、身代金目的の誘拐とか、そういうことだよね。

一応これでも貴族だし、彼らから見れば金持ちなのだから、さらう意味はある。

「……窓も、出られないようにしてある」

つぶやいて、わたしは乾いた笑い声をあげた。

父は、このことを聞いてどうするだろうか、どう思うだろうか。母は、悲しんでいないだろうか。兄はどうしているだろう。そう思うと、なんだか泣けてきた。自分のアホさ加減をうらめしい。

頭の中を、考えだけがぐるぐるとまわる。けれど、答えをくれるひとがいないから、それが何度も繰り返されるだけだ。

外からの音はあまりしない。わたしはまだ明るい外を見てから、椅子の上で丸くなった。しばらくそうしていると、外から声が聞こえてきた。

周りは静かで、しかも大声で話しているから良く聞こえる。

まるで聞こえるように言っているみたいだ、とわたしは思った。

「良く協力してくれたわね。でもどうして？　男爵は雇い主として悪くないでしょうに」

「ああ、確かに。でもここじゃ出世は望めない。古株が幅を利かせているし、ここで少し金を貰って、俺はもっと上に行ける場所を探したいんだ」

「あたしも、若いからって給料が低いから、こういう機会を利用しなくちゃ。弟を医者に診てもらうことも出来ないし、薬だって買えないわ。職場は変えられるけど、弟は変えられないのよ」

わたしは聞こえてきた声に身を強張《こわば》らせた。

「なるほど、理由はわかったわ。……でも、ちょっと可哀想だったかしら。だけど、貴族の令嬢がわたしたち下っ端《ぱ》をここまで信用するなんて、そうそうないもの」

「そうだな。でも、やっぱり自分たちの暮らしの方が大事だしな」

「仕方ないわ」

それらの声の主は、わたしがおかしな振る舞いをしても気にせずにいてくれた料理場のメイドと、下働きのメイド、そしてここへ連れてきた馬丁のものだった。気さくに接してくれ、小言も言わないから、わたしは彼らのことを友達のように思っていたのだ。

驚いて、同時に悲しくなったわたしは、ベッドに向かった。そのまま倒れるように横になり、上掛けをかぶって目を閉じた。

◆

なんだろう、外が騒がしい気がする。

「も……いいでしょ、行かせて！」

「だ……で……、今行ったら、意味が……ません！」

どったん、ばったん、と人が揉めるような音がして、言い合いがつづく。なんだろう、ケンカだろうか、と思って顔をあげると、すでに外は暗くなっていて、窓から明かりがさし込んでくるのが唯一の光だった。

「……た、後で覚悟……いよ」

「申……訳あり……せん」

とぎれとぎれに聞こえてくる声は、男のひとと女のひとのもので、女のひとは相当怒っているみたいだ。しかも、男のひとの方が、立場が弱そうに思える。

少しでも外の様子が知りたくなったわたしは、暗がりで注意しながら立ち上がると、戸の方へ歩み寄って強めに耳を押し当てた。すると、何とか声が聞き取れるようになる。

「もうそのくらいになさい。私もこうしてついているから、ちゃんと無事だよ」

「そういう問題じゃないでしょ！　せめて明かりのひとつくらい差し入れてよ、どうしてそういうことがわからないのかしら。だから男の人はだめなのよっ！」

穏やかかな、どことなく聞き覚えのある声が女のひとをたしなめたが、余計気にさわったみたいだ。女のひとはさらにトゲトゲした声で言いかえした。さらには、足でも踏んづけたのか痛そうな声があがる。

なんだろう、こっちにも聞き覚えがある気がするんだけど……。

と思っていると、足音がしたので、わたしは慌てて椅子に逃げた。すると、戸が開いて、ランプが無造作に置かれた。そして、すぐに戸が閉められる。

部屋がぼんやりと照らされ、わたしは心なしかほっとした気がした。

それから立ち上がって、今度は窓に近寄った。すると、誰かがうろうろしているのが見える。どことなく、兄に似た少年だった。

少年はどうしたらいいか困っている様子だ。

わたしはもしやと思った。

――まさか、お兄様？　来てくれたのかな。

わたしは窓をガタガタ揺らして、気づけと祈ったが、少年はその物音にびくっとして、どこか気まずそうにどこかへ歩いて行ってしまった。

「あぁ、だめか」

少年が行ってしまった方向を見つつ、わたしは肩を落とした。

それからも、外ではたまに揉める声がし、誰かがビンタされたらしき痛そうな音やら、「もうやめようよぉ」という半泣きのような声やら、やたらと懺悔《ざんげ》する声やらが聞こえつづけた。それらの音のあと、決まって水が差し入れられたり、食べ物が差し入れられたりはしたけれども、誰も入って来る気配はなく、ついに朝になってしまった。

◆

結局、部屋の寝台の端っこに丸くなって眠り込んでいたわたしは、戸を叩く音で目を覚ました。ぼーっとした頭でそちらを見ると、凄い勢いで戸が開いて、何かがわたしにぶち当たってぎゅっ、と抱きしめてきた。さらに、足にも誰かがしがみついている。

「ああ、ごめんなさいロレーヌ。ごめんなさい」

「もうしわけありませんロレーヌ様っ、もうしわけありませんっ」

「……お、お母様？　ドーラ？　ど、どうしたの？」

疲れたせいか完璧なまでに寝こけていたわたしは、一体何事が起こったのかすぐには思い出せずにそう言った。けれど返事は無くて、戸の方から父と兄、そしてプランクさんがとても気まずそうに部屋の中へ入って来た。その顔を見て、わたしは昨日のことをすぐに思い出した。

そうだった、わたしは誘拐されて監禁されていたんだっけ。

でも、父が迎えに来てくれたとして、どうしてプランクさんがいるのか、状況がのみこめず、わたしは父を見た。

「すまなかったね、ロレーヌ。怖かったかい？」

「……う、うん」

問われて素直に頷いたわたしだったが、どうしても気になるものがあった。

「あの、お父様の頬、どうして両方とも赤いの？」

そう、父の頬は両方とも赤く腫《は》れていたのだ。しかも良く見ると、手形のような形で。父はちょっと涙目で言った。

「これはね、ある人に苦しい思いをさせた罰なんだ。だから気にしないで欲しい」

「そう、それに、お兄様も目が赤いけど……」

「ああ、いや、何でもないよ。ちょっと夜更かししすぎたからだよ」

「そ、そうなんだ」

それにしてはまぶたも腫れてむくんでおり、美貌が台無しになっている。

昨夜、わたしの家族に一体何があったんだろう、と抱きついて離れない母とドーラを交互に眺めながら思った。

「ロレーヌ様、まずは、心から申し訳ありませんでした。ですが、わたしも男爵も、貴女様のことが憎いからこんなことをした訳ではないことを、ご理解頂けますか？」

「え、どういうこと？」

「ロレーヌ、良く聞くんだ。昨日お前を連れ去り、ここに閉じ込めることを計画したのは私とこのプランクさんなんだよ。お母様とクラウディオとドーラ、使用人の皆には協力してもらっただけなんだ。みんなは嫌がったけど、私はどうしてもあることをお前に知って欲しかったんだ」

まだ言われている意味がわからなくて、目を瞬かせていると、父とプランクさんはさらに説明をつづけた。

「昨日は怖かっただろう？　けれど、お前はとても人がいい。そして優しすぎる。大したことでないなら、許してしまうだろう。だが、それじゃあだめなんだよ」

「……どうして」

少しずつ、父の言うことがわかってくると、腹立たしいと同時に、疑問がわいた。わたしは怒りたいのを我慢した。怒ったり、泣いたりする前に知りたかった。

「身分をわきまえて振る舞えない。私にとっては、それがお前の将来にいいことだとは思えなかった。けれど、口で言っただけではだめだと思ったんだ。

それは、私の両親がお前のように使用人に甘い人たちだったからなんだ。そのせいで、ふたりは社交界から笑い者にされた。私は、自分たちの生活を支えてくれる人たちを大切にするのが悪いことかわからなかったが、そのせいで父と母と、私も辛い思いをしたんだよ」

父は、とても悲しそうな顔をして話し続けた。

わたしは、父にそんな顔をさせたのは自分なのだとわかったので、だんだん罪悪感がわいてきた。

「それだけじゃない。あまりに仲良くしすぎると、もし状況が変わって彼らがやめたくなったり、別のところへ行きたいと望んだ時どうするんだい。彼らには彼らの暮らしがあって、決して永遠にいてくれるわけではないんだよ」

静かに語られた内容に、わたしはうつむいた。

いつも家にいて、頼めば大抵のことはしてくれるし、側にもいてくれるけれど、ようするに、それは仕事だからなのだ。仕事でいるだけだから、家族に求めることは求められない。それだけじゃなく、ちゃんと線を引かないと、相手に付け入られてしまうということを父は言いたかったのだと思う。

わたしは小さい声で言った。

「ごめんなさい、お父様」

もう腹立たしさは消えていて、自分が何だか情けないような気がした。

「いいえ、男爵にこの方法をすすめたのはわたしです。わたしは、ロレーヌ様に毅然と振る舞って頂きたくて、このままでは、わたしと同じ苦しみを味わいそうだったから……だから、だからロレーヌ様、男爵を恨まないで下さい」

プランクさんは、少し言いにくそうにつづけた。

「わたし、婚約者に捨てられたんです。わたしは貴族ではありませんが、それなりに裕福な家の出です。でも、わたしは使用人に甘くて、そのせいで彼から預かった大切なものを盗まれてしまって、こんな女に女主人は務まらないと言われました。

ですから、ロレーヌ様には同じ目にあって欲しくはなかったのです」

彼女は苦しそうに言うと、もう一度わたしに謝った。

わたしはといえば、どうしたら良いかわからず、ただ呆然とプランクさんを見る。事情はなんとなく理解出来た。よくも悪くも、わたしが変わらなければならないらしい。

「どうか、お怒りをぶつけるのはわたしにして下さい。男爵は、ただロレーヌ様がご心配だっただけなのです」

「……いえ、わたし、頑張ります」

まともに顔は見られないけれど、わたしはそう答えた。今になって、なぜか涙があふれてきて、そのまま嗚咽を漏らすと、すぐに背をさすられた。

「ああ、大丈夫よ。もうこんなことは許さないから……ポール、約束、忘れていないわね。やっぱり、ちょっとやり過ぎだったのよ」

「……ああ、わかっているよ」

心から辛そうに答えた父は、情けない声でため息をついた。わたしは泣いていたのに、それが何だかおかしくて、今度は笑い出してしまった。

笑いの発作がおさまると、父が言った。

「さて、いつまでもここにいても迷惑だろうから、帰ろうか」

その場にいた全員に、否やはなかった。

◆

「それから、どうなったんだ？」

「ちょっと、お父様とぎこちなくなったんですけど、わたしのためにしてくれたことなのはわかっていたので、気にしないことにしました。」

でも、しばらくはちょっと怖かったですね。それから、プランクさんはそのまま残って、わたしに色々と教えてくれて、ちゃんと振る舞えているのはあの人のおかげです。ただ、ダンスにだけは頭を抱えていましたけど。今はまた別の家で仕事をしていて、たまに手紙をくれます」

わたしが言うと、ジェレミアは苦笑した。

「なるほど、優れた家庭教師だった彼女にも不可能なことはあったのか。でも、そのおかげで君にダンスを教えることが出来たという訳か」

そんなことを照れたように言う顔がまた心臓に悪くて、わたしは思わず目を反らす。

「そ、そうですね。ええと、でもあれがあったから、わたしは貴族としての振る舞いとか、使用人との距離とかを上手く掴めるようになったんです。結果的には良かったんだと思っています」

「なるほど。やはり、君は記憶があることで色々と苦労をしてきたんだな。

……それにしても、バルクール卿にはお会いしたが、とてもそんなことをするようには思えなかった。意外だったたな」

「まあ、あの母を捕まえたくらいですし、わたしにもわからないところがありますよ」

父の虫も殺せなさそうな姿を思い返し、笑う。

「これからも、長いお付き合いになるだろうし、考えておかないとな。彼の不興は買いたくない」

「だ、大丈夫だと思いますけど」

唐突にこれからの話をされ、わたしはどきっとした。

「いや、何かあった時信じてもらいたいからね。私は君とちゃんと円満に結婚したいんだ」

ジェレミアはどこかはにかんだような表情で言った。

わたしは、一瞬息が止まるかと思った。むしろ、父との関係よりわたしの心臓が持つか心配だ。

それでも、この手を離したくはない。

わたしは、心臓をなだめながら言った。

「わたしも、そうしたいです」

それを聞いた時の彼の顔は、やっぱり綺麗だ、とわたしは心から思った。

《了》

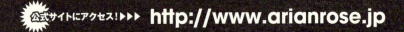

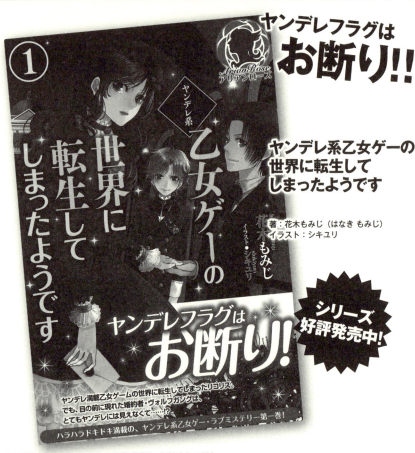

観賞対象から告白されました。 2

＊本作は「小説家になろう」（http://syosetu.com/）に掲載されていた作品を、大幅に加筆修正したものとなります。

2015年1月20日　第一刷発行

著者 ………………………………………… 沙川 蜃

イラスト ………………………………………… 芦澤キョウカ
発行者 ………………………………………… 及川 武
発行所 ………………………………… 株式会社フロンティアワークス
〒173-8561　東京都板橋区弥生町78-3
営業　TEL 03-3972-0346　FAX 03-3972-0344
アリアンローズ編集部公式サイト　http://www.arianrose.jp
編集 ………………………………… 小柴真道・原 宏美・堤 由惟
装丁デザイン ………………………………… ウエダデザイン室
印刷所 ………………………………… シナノ書籍印刷株式会社